文春文庫

返討ち

新・秋山久蔵御用控（四）

藤井邦夫

文藝春秋

目次

おもな登場人物

秋山久蔵　南町奉行所吟味方与力。〝剃刀久蔵〟と称され、悪人たちに恐れられている。心形刀流の遣い手。普段は温和な人物だが、悪党に対しては情け無用の冷酷さを秘めている。

神崎和馬　南町奉行所定町廻り同心。久蔵の部下。

香織　久蔵の後添え。亡き先妻・雪乃の腹違いの妹。

大助　久蔵の嫡男。元服前で学問所に通う。

小春　久蔵の長女。

与平　親の代からの秋山家の奉公人。女房のお福を亡くし、いまは隠居。

太市　秋山家の奉公人。おふみを嫁にもらう。

おふみ　秋山家の女中。ある事件に巻き込まれた後、九年前から秋山家に奉公するようになる。

幸吉　〝柳橋の親分〟と呼ばれた弥平次の跡を継ぎ、久蔵から手札をもらう岡っ引。

お糸　隠居した弥平次の養女で、幸吉を婿に迎えて船宿『笹舟』の女将となった。息子は平次。

弥平次　女房のおまきとともに、向島の隠居家に暮らす。

勇次　元船頭の下っ引。

雲海坊　幸吉の古くからの朋輩で、手先として働く托鉢坊主。ほかの仲間に、しゃぼん玉売りの由松、蕎麦職人見習いの清吉、風車売りの新八がいる。

長八　弥平次のかつての手先。いまは蕎麦屋『藪十』を営む。

返討ち

新・秋山久蔵御用控（四）

第一話　裏の顔

一

正月も終り、賑やかだった江戸の街も静かになった。

溜池は、冬の陽差しに鈍色に輝いていた。

南町奉行所吟味方与力の秋山久蔵は、嫡男大助を伴って溜池近くにある秋山家の菩提寺を訪れた。そして、秋山家代々の墓に手を合わせ、住職に遅い正月の挨拶をして帰路に着いた。

菩提寺を出た久蔵は、大助を従えて霊南坂から汐見坂に進んだ。そして、汐見坂から溜池の馬場と肥前国佐賀藩江戸中屋敷裏の間の道に向かった。

溜池の馬場と佐賀藩江戸中屋敷裏の間の道には、行き交う人もなく小鳥の囀りが響いているだけだった。

久蔵と大助は、溜池の馬場と佐賀藩江戸中屋敷裏の間の道を葵坂に向かった。

お店の旦那風の初老の男が荷物を抱えた手代らしき男を従え、葵坂を曲がってやって来た。

久蔵と大助は、葵坂に向かって進んだ。

旦那風の初老の男は、手代らしき男を従えて進んで馬場の入口に差し掛かった。

二人の浪人が馬場から現れ、刀を抜いて旦那風の初老の男と手代らしき男に走った。

手代らしき男は、悲鳴をあげて腰を抜かした。

旦那風の初老の男は、手代らしき男を後ろ手に庇って身構えた。

「大助……」

「はい……」

大助は、地を蹴って走った。

久蔵は続いた。

二人の浪人は、旦那風の初老の男に斬り掛かった。

旦那風の初老の男は、咄嗟(とっさ)に手代らしき男を庇うように身を伏せた。

刃風が鳴り、血が飛んだ。

二人の浪人は、斬られた肩から血を流している旦那風の初老の男に止(とど)めを刺そうとした。

「待て……」

駆け付けた大助は、刀を振り翳(かざ)した浪人に体当たりした。

浪人の一人が弾き飛ばされ、倒れた。

大助は、残る浪人に抜打ちの一刀を放った。

残る浪人は、跳び退(の)いて躱(かわ)した。

大助は、旦那風の初老の男を庇った。

「おのれ。若造……」

二人の浪人は、前髪立ちの大助に邪魔をされ、怒りを露わにした。

「よし。後は俺が相手をしよう」

久蔵が進み出た。

二人の浪人は眉をひそめた。

大助は、旦那風の初老の男を助け起こして庇った。

久蔵は、道端に落ちていた木の枝を拾って一振りした。

空を斬る音が短く鳴った。

「さあ、来い……」

久蔵は、木の枝を構えて二人の浪人に笑い掛けた。

二人の浪人は、誘われたように久蔵に斬り掛かった。

木の枝が唸り、二人の浪人の刀を握る手を鋭く打ち据えた。

二人の浪人は怯み、後退りをして身を翻した。

「大助……」

久蔵は、大助に目配せをした。

「はい……」

大助は頷き、二人の浪人を追った。

「さあて、傷の具合はどうだ」

久蔵は、旦那風の初老の男に近付いた。

「お武家さま、危ない処を忝うございました。お陰様で命拾いをしました」

「浅手のようだな……」

久蔵は読んだ。

「はい……」

「それは何より。俺は旗本の秋山久蔵、その方は……」

「此は申し遅れました。手前は木挽町で金貸しを営んでいる藤兵衛。此なるは手代の善助にございます」

旦那風の初老の男は金貸し藤兵衛と名乗り、手代らしき男が善助だと告げた。

「ほう。金貸しの藤兵衛と手代の善助か……」

「左様にございます」

金貸し藤兵衛は、微笑みを浮かべて頷いた。

微笑みには、金貸しと云う商売に対する卑屈さや傲慢さの欠片もなく、落ち着きと人としての矜持が滲んでいた。

久蔵は、秘かに感心した。

「して、今の浪人たちは……」

「さあ、きっと手前に金を借り、踏み倒そうとしている者に雇われたのでしょう」

藤兵衛は苦笑した。

「そうか。ま、斬られた傷は早く医者に診せた方が良い」

「はい……」

「ではな……」

久蔵は、藤兵衛と手代を残してその場から立ち去った。

「御造作をお掛け致しまして、ありがとうございました」

藤兵衛と手代の善助は、立ち去る久蔵を深々と頭を下げて見送った。

風が吹き抜け、鈍色に輝く溜池に小波(さざなみ)が走った。


神田八ツ小路には多くの人が行き交っていた。

二人の浪人は、神田川に架かっている昌平橋(しょうへいばし)に差し掛かった。

大助は、人込みに紛れて慎重に尾行(つけ)た。

二人の浪人は、昌平橋を渡って神田明神門前町の盛り場に入った。

大助は尾行た。


盛り場に軒を連ねている飲み屋は、開店の仕度(したく)に忙しかった。

二人の浪人は、盛り場の奥にある飲み屋に入った。

大助は見届け、緊張を解いた。そして、二人の入った飲み屋を窺った。

飲み屋は、店の前の掃除も開店の仕度もしておらず潰(つぶ)れ掛かっているようだ。

大助は、斜向いの小料理屋の表の掃除をしている大年増に近付いた。

陽は西に大きく傾き始めた。


日暮れが訪れた。

八丁堀岡崎町にある秋山屋敷表門脇の潜り戸が開き、老下男の与平が箒を手にして出て来た。そして、通りの左右を心配そうに見廻した。

「与平さん……」

太市の呼ぶ声が屋敷内から聞こえた。

与平は、慌てて掃除を始めた。

太市が、潜り戸から出て来て掃除をしている与平に苦笑した。

「おう。太市、掃除だ。掃除……」

与平は、何をしているのか訊かれる前に答えた。

「掃除ならさっきもしていたんじゃありませんか……」

太市は苦笑した。

「そうだったかな……」

与平は惚けた。

「遅いですねえ、大助さま……」

　太市は、通りの北、日本橋川の方を眺めた。

「うん。もう直、日が暮れちまう。何かあったのかな……」

　与平と太市は、帰って来た久蔵から大助が狼藉を働いた二人の浪人を追ったと聞かされた。

　与平は心配し、それから表門前の掃除を何度もしていたのだ。

「大丈夫ですよ、大助さまなら……」

　太市は、与平を安心させようとした。

「そうだな。大助さまは幼い時から賢い利発な子供だ。心配ないな」

「ええ。そうですよ」

　太市は頷いた。

「でも、腹を減らしているだろうなあ……」

　与平は、大助の腹の空き具合を心配した。

　大助を幼い時から世話して来た与平らしい心配だった。

　太市は感心した。

　それにしても遅い……。

太市は、大助が張り切り過ぎての遣り過ぎを心配した。

日本橋川の方から人影がやって来た。

「与平さん、あの人影は……」

太市は眼を細めた。

やって来る人影は未だ遠く、誰か見極める事は出来なかった。

「おお、大助さまだ……」

与平は、喜びに声を弾ませた。

「えっ……」

太市は、老いて眼の弱くなった与平が遠い人影を大助だと見たのに戸惑った。

「良かった。御無事にお戻りだ」

与平は安堵した。

太市は、やって来る人影を見詰めた。

やって来る人影は、与平の見た通りに大助に違いなかった。

「大助さま……」

太市は驚いた。

「ああ。漸くお帰りだ」

与平は、嬉しげに頷いて箒を太市に渡して大助を迎えた。

「やあ、与平の爺ちゃん、太市さん……」

大助は、与平と太市を見て笑った。

「大助さま……」

与平は、老顔を皺だらけにして喜んだ。

「御無事にお戻りで……」

太市は迎えた。

「うん。今、帰りました」

「旦那さまに聞きましてね。そりゃあもう心配されて……」

太市は、大助に与平を示した。

「そうか、心配を掛けたね。爺ちゃん……」

大助は笑った。

「いえいえ、大助さまに限って、爺は心配なんかしていませんよ」

与平は、笑顔で筋張った細い首を横に振った。

「さあ、旦那さまや奥さまがお待ちですよ」

太市は苦笑した。

「はい。じゃあ、爺ちゃん……」

大助は、与平を労(いたわ)るように屋敷に入った。

太市は、大助の来た背後を鋭い眼差しで窺い、尾行て来た者がいないのを見定めて屋敷に入り、潜り戸を閉めた。

日は暮れた。


秋山家の食事は、久蔵、香織(かおり)、大助、小春(こはる)の主一家と与平、太市、おふみの奉公人が一緒に同じ物を食べる。

それは、久蔵が与平お福(ふく)夫婦の三人で暮らしていた若い時からの家風だ。

久蔵が夕餉(ゆうげ)を終えた時、大助だけが未だ飯と汁のお代りを重ねていた。

「大助、食べ終わったら私の処に参れ。太市もな」

「はい……」

大助と太市は頷いた。

久蔵は、自室に戻った。

香織は、淹(い)れた茶を持って久蔵に続いた。

「小春、お代り……」

大助は、空になった茶碗を妹の小春に差し出した。

「兄上、食べ過ぎ。もう五杯目よ」

小春は眉をひそめた。

「小春、俺は父上の御役目の手伝いで歩き廻って腹が減ったんだ。お代り」

「もう……」

小春は、空の茶碗を受け取って飯を盛った。

大助は、嬉しげに飯を食べた。

小春は呆れた。

太市とおふみは苦笑し、与平は居眠りを始めていた。


燭台の火は揺れた。

大助は、久蔵に尾行の顚末を報告した。

太市は、脇に控えて大助の話を聞いていた。

「ならば、あの浪人共、神田明神門前町の盛り場の飲み屋に入ったか……」

久蔵は念を押した。

「はい。初川って屋号の飲み屋ですが、潰れ掛かっているそうでして、今はもう浪人や博奕打ちの溜り場になっているとか……」

大助は、盛り場にある小料理屋の大年増に聞いた話を告げた。

「そうか……」

「はい……」

「よし。良くやった」

久蔵は頷いた。

「はい。で、父上、明日は……」

大助は、久蔵に誉められて嬉しげに身を乗り出した。

「もう良い。明日は学問所に行くのだな」

「えっ……」

「太市、聞いた通りだ。明日、金貸し藤兵衛をちょいと探ってみてくれ。浪人共は和馬に頼む」

久蔵は、太市に告げた。

「心得ました」

太市は頷いた。

「父上、殺されそうになったのは金貸しなんですか……」

大助は尋ねた。

「うむ。大助、今日は御苦労だった。下がって良いぞ」

久蔵は苦笑した。


翌日、久蔵は太市を供に南町奉行所に出仕した。

太市は、久蔵に茶を淹れ、身の廻りの世話を終えた。

「では、旦那さま、木挽町に寄って帰ります」

太市は告げた。

金貸し藤兵衛の家のある木挽町は、数寄屋橋御門内南町奉行所と八丁堀迄の間にある。

「うむ。頼む」

「はい……」

太市は帰って行った。

久蔵は、当番同心に定町廻り同心の神崎和馬を呼ぶように命じた。

「お呼びですか……」

神崎和馬は、直ぐにやって来た。

「うむ。実はな和馬……」

久蔵は、木挽町の金貸し藤兵衛が二人の浪人に襲われた一件を教えた。

「藤兵衛、恨みを買うような金貸しなんですかね……」

和馬は眉をひそめた。

「いや。藤兵衛、俺と同じ年頃でな。恨みを買うような男には見えない……」

久蔵は、金貸し藤兵衛に卑屈さや傲慢さを感じず、落ち着いた人としての矜持を窺わせる男だと話した。

「それに襲われた時、咄嗟に手代を庇ったのには感心させられた……」

「ほう、そいつは真っ当な金貸しと云うより、中々の人物ですね」

「うむ……」

「ならば、襲ったのは借金を返すのが嫌な奴ですか……」

和馬は苦笑した。

「うむ。金貸し藤兵衛については太市が調べている。和馬は襲った浪人共をちょいと探ってみてくれ」

久蔵は命じた。

築地木挽町は三十間堀（さんじっけんぼり）の東沿いにあり、一丁目から七丁目迄あった。

太市は、三十間堀に架かっている紀伊国橋（きのくにばし）を渡り、木挽町一丁目の自身番を訪れた。

「お邪魔しますよ」

「やあ。太市さん……」

自身番の店番（たなばん）や番人は、太市の素性を知っており親しげに迎えた。

「ちょいと訊きたい事がありましてね」

「さあて、何ですか……」

「金貸し藤兵衛さんの家、何処（どこ）か教えて戴（いただ）けますか……」

太市は尋ねた。

「ああ。金貸し藤兵衛さんの家なら裏通りにありますよ」

番人は告げた。

「裏通りですか……」

「ええ。板塀を廻した家でしてね。木戸門の傍の塀の内側から松の木が枝を伸ばしていますよ」

裏通りにある板塀越しに松の見える家……。

太市は知った。

「藤兵衛さんに御用ですか……」

「ええ。藤兵衛さん、どんな金貸しなんですか……」

「どんな……」

店番と番人は、太市を見詰めた。

「ええ。商いの遣り方と云うか、人柄と云うか……」

「商いは、きっちり貸してきっちり取り立てる。厳しいようですが、ま、金貸しとしては当たり前の事なんですがね……」

店番は告げた。

「逆恨みをする奴もいますか……」

太市は読んだ。

「ええ。返せなくなったり、踏み倒そうとしたり、借りる客もいろいろ。金貸しは因果な商売ですよ」

店番は眉をひそめた。

「じゃあ藤兵衛さん、用心棒なんかを雇っちゃあ……」

「いませんよ。藤兵衛さんは落ち着いた穏やかな人でしてね。若い頃からいろいろ苦労して来た人で、用心棒なんかを雇うような人じゃありませんよ」

店番は苦笑した。

「そうですか。で、藤兵衛さん、若い頃からいろいろと苦労をされて来たんですか……」

太市は、それとなく店番に話の先を促した。

「ええ。噂だけどね……」

「どんな噂ですか……」

太市は笑い掛けた。

「私が聞いた噂では、何でも子供の頃に呉服屋に小僧として奉公して、手代や朋輩(ほうばい)に苛(いじ)められて店を追い出され、普請場(ふしんば)の手伝いから始め、いろいろな仕事をして、こつこつと金を貯めて財を成したそうですよ」

店番は頷いた。

「へえ。それで金貸しになったのなら、本当に凄い人ですねえ」

太市は感心した。

「ええ。恨んでいたり口の悪い奴は、成上りの金貸しなんて云いますがね。偉い人ですよ」

店番は頷いた。

「ええ……」

太市は微笑んだ。

松の木は、家を囲む板塀の木戸門の上に枝を伸ばしていた。

「此処か……」

太市は、金貸し藤兵衛の家を見定めた。

松の木の枝の下の木戸門からは、金を借りたり返しに来た者が出入りをしていた。

太市は、金貸し藤兵衛の家を眺めた。

「成上りか……」

太市は眉をひそめた。

二

神田明神門前町の盛り場に連なる飲み屋は、未だ眠っていた。

和馬は、岡っ引の柳橋の幸吉と盛り場を眺めていた。

下っ引の勇次が、盛り場の奥から駆け戻って来た。

「和馬の旦那、親分、潰れ掛かった飲み屋の初川、この奥ですぜ」

勇次は、連なる飲み屋の奥を示した。

「よし……」

和馬は、連なる飲み屋の奥にある飲み屋の『初川』に向かった。


飲み屋の『初川』は腰高障子を閉め、表の掃除や片付けもされていなかった。

「此処ですぜ」

勇次は、飲み屋『初川』を示した。

和馬と幸吉は窺った。

「ちょいと見張ってみますか……」

幸吉は、辺りに見張り場所を探した。

「うん。金貸し藤兵衛を襲った浪人共、秋山さまの見立じゃあ、何者かに金で雇われての所業……」

「で、その雇った何者かを突き止める……」

幸吉は読んだ。

「うん……」

「でも二人の浪人、本当に此処にいるんですかね」

勇次は眉をひそめた。

「先ずはそいつだな……」

和馬は頷いた。


刻が過ぎ、連なる飲み屋は遅い朝を迎えて店を開ける仕度を始めた。

和馬、幸吉、勇次は、飲み屋『初川』の斜向いの路地に潜んで見張った。

「和馬の旦那、親分……」

勇次が囁き、飲み屋『初川』を示した。

和馬と幸吉は、勇次のいる路地の入口に進んだ。

飲み屋『初川』の腰高障子が開き、派手な半纏を着た男が出て行った。

「よし。先ずは野郎を締め上げるか……」

和馬は、小さな笑みを浮かべた。

「勇次、旦那のお供をしな」

幸吉は、勇次に命じた。

「承知……」

勇次は頷き、和馬と共に派手な半纏を着た男を追った。

幸吉は、飲み屋『初川』を見張った。


不忍池には小鳥の囀りが響いていた。

派手な半纏を着た男は、神田明神門前町から明神下の通りを抜けて不忍池に来た。

和馬と勇次は尾行た。

派手な半纏を着た男は、不忍池の畔を下谷広小路に向かった。

「やりますか……」

勇次は、辺りに散策の人がいないのを見定めた。

「うん。追い抜いて前に廻れ」

「承知……」

勇次は、派手な半纏を着た男を小走りに追った。そして、追い抜いた。

和馬は、勇次が追い抜いたのを見定めた。そして、派手な半纏を着た男との間を詰めて呼び止めた。

「おい、ちょいと待ちな……」

派手な半纏を着た男は、立ち止まって怪訝(けげん)な面持ちで振り返った。

「こりゃあ旦那……」

派手な半纏を着た男は、微(かす)かに狼狽(うろた)えた。

「ちょいと付き合って貰おうか……」

和馬は笑い掛けた。

「えっ……」

派手な半纏を着た男は、後退りをして身を翻した。

刹那(せつな)、先廻りしていた勇次が突き飛ばした。

派手な半纏を着た男は、短い声を上げて仰向けに倒れた。

勇次は、素早く馬乗りになって懐から匕首(あいくち)を取り出し、和馬と一緒に雑木林に引き摺(ず)り込んだ。

派手な半纏を着た男は、枯葉の上に引き据えられて怯(おび)えを浮かべた。

「お前、名前は……」

勇次は、十手を突き付けた。

「せ、千吉(せんきち)……」

派手な半纏を着た男は、震える声で名乗った。

「よし。千吉、飲み屋の初川に金で人殺しを請負(うけお)う浪人がいるな」

和馬は、千吉を見据えた。

「えっ、そいつは知りませんが……」

千吉は惚けた。

刹那、和馬の平手打ちが飛んで千吉の頬(ほお)が鳴った。

千吉は、横倒しに倒れ込んだ。

勇次は、倒れた千吉を引き摺り起こした。

千吉は、口元から血を流した。

「千吉、惚けるのなら幾らでも惚けろ。お前も叩けば埃(ほこり)が舞う身体だろう。強請(ゆすり)集(たか)りに殺しに辻強盗。罪科は選(よ)り取り見取りだ。さあ、好きなのを選びな」

「えっ……」

「尤(もっと)も何を選んでも良くて島流し、下手をすりゃあ死罪。何なら手向かったってんで、今此処で叩き斬ってやっても良いんだぜ」

和馬は、冷たく笑った。

「そ、そんな……」

千吉は怯え、激しく狼狽えた。

「千吉、お前一人の始末なんか、どうにでも出来るんだぜ。いるんだろう、初川に金で人殺しを請負う浪人……」

和馬は、千吉を厳しく見据えた。

「へい。大谷甚十郎と柳沢宗之助って浪人の旦那方です」

千吉は項垂れた。

「大谷甚十郎と柳沢宗之助か……」

和馬と勇次は知った。

「へい……」

「人相風体は……」

勇次は訊いた。

「大谷の旦那は痩せて背が高く、柳沢の旦那は髭面の浪人でして……」

千吉は、浪人の大谷甚十郎と柳沢宗之助の人相風体を詳しく語った。

「よし。じゃあ千吉、大谷と柳沢は今、誰に頼まれて誰の命を付け狙っているんだ」

「狙っている相手は何処かの金貸しで、頼んだのが誰かは知らねえ……」

千吉は首を捻（ひね）った。

「旦那……」

狙っている金貸しは藤兵衛……。

勇次は、目顔で告げた。

「ああ。で、頼んだのが誰かは知らないか……」

和馬は眉をひそめた。

「へい。本当です……」

千吉は頷いた。

「本当か……」

和馬は笑い掛けた。

千吉は、怯えに震えた。

「千吉、今迄の話に嘘偽りはないな」

「へい。そりゃあもう……」

千吉は、怯えに震えながら和馬に縋（すが）る眼差しを向けた。

嘘偽りはないようだ……。

和馬は見定めた。

「よし、分かった千吉。此の事は誰にも云わず、さっさと忘れていつもの通りにしていろ。分かったな」

「へ、へい……」

「もし、約束を違えたら何処に逃げても追い掛けてお縄にするぜ」

和馬は、云い聞かせた。

「そりゃあもう、良く分かっています」

千吉は、怯えたように頷いた。

「よし。じゃあ行きな……」

和馬は、千吉を放免した。

千吉は、不忍池の畔を足早に立ち去った。

「さあて、戻るか……」

和馬と勇次は、神田明神門前町の盛り場に戻った。

不忍池の畔には冷たい風が吹き抜け、散策する人は相変わらずいなかった。

木挽町は、三十間堀と大名や旗本の屋敷の連なりの間に長く続く町だった。

金貸し藤兵衛の客には、それ故に町方の者だけではなく武士もいた。

太市は、藤兵衛に金を借りた事のある者を捜して訊き歩いた。

藤兵衛は、貸す金の利息も安く、返すのは返済日の翌日で良かった。

必要に迫られて金を借りた客は、藤兵衛の良心的な遣り方に感謝していた。

評判は良い……。

太市は、顔見知りの木戸番作造(さくぞう)の処に立ち寄り、店先の縁台で一休みした。

「ああ。美味(うま)い……」

作造は出涸(でがら)しだと云ったが、美味い茶だった。

「そいつは良かった。処で太市、与平さんに変わりはないかい……」

「お陰さまで、達者にしていますよ」

「そいつは良かった」

作造は、老顔に皺を集めて喜んだ。

「で、作造さん、金貸しの藤兵衛さんですが、家族はいるんですか……」

「ああ。おつるってお内儀(かみ)さんと手代の善助、女中のおまちの四人暮らしだよ」

「四人暮らしですか。で、近頃何か変わった事はありませんでしたか……」

太市は尋ねた。

「藤兵衛さんかい……」

「ええ……」

「あんなに評判の良い金貸しは滅多にいない」

「らしいですね……」

「うん。そう云えば、何日か前の夜、夜廻りで藤兵衛さんの家の前を通った時、塀の中を窺っていた野郎がいたよ」

「どんな野郎です」

太市は眉をひそめた。

「浪人のようでな。拍子木を打ち鳴らしたら慌てて逃げて行ったよ」

「そうですか……」

藤兵衛を狙っている浪人共は、夜更けに押込むかもしれないのだ。

太市は気が付いた。

和馬と勇次は、飲み屋『初川』を見張っている幸吉の許に戻った。

「変わりはありませんよ」

幸吉は、飲み屋『初川』を見張りながら告げた。

「そうか……」

「で、そっちは如何(いかが)でした」

「そいつなんだが……」

和馬は、千吉を締め上げて訊き出した二人の浪人の名と人相風体を教えた。

「痩せて背の高い大谷甚十郎と髭面の柳沢宗之助ですか……」

幸吉は眉をひそめた。

「ああ。尤も肝心な藤兵衛殺しを頼んだ奴が未だ分からないがな……」

和馬は苦笑した。

「ま、二人の浪人が分かっただけ、上首尾じゃありませんか……」

「旦那、親分……」

勇次が緊張した声で呼んだ。

「どうした……」

「大谷と柳沢です……」

勇次は、飲み屋『初川』から出て来た二人の浪人を示した。

和馬と幸吉は、路地から覗(のぞ)いた。

盛り場の出入口に向かう二人の浪人は、痩せて背の高い大谷甚十郎と髭面の柳沢宗之助だった。

「和馬の旦那……」

「ああ。間違いあるまい……」

和馬は、笑みを浮かべて頷いた。

「じゃあ、先ずはあっしと勇次が追います」

幸吉は、手筈を決めた。

「うむ。俺は後から行く」

和馬は頷いた。

「じゃあ……」

幸吉と勇次は、大谷と柳沢を追った。

和馬は、間を置いて路地を出た。


「夜、押込むかもしれねえか……」

久蔵は眉をひそめた。

「はい。木挽町の木戸番の作造さんが、何日か前の夜、藤兵衛さんの家を窺っていた浪人を見掛けたとか……」

太市は、南町奉行所に駆け戻って久蔵に報せた。

「成る程。よし、手配りをする。して、藤兵衛の人となり、人柄はどうだった」

「はい。藤兵衛さんは中々の苦労人のようでして、人柄も評判もとても良い人です」

「やはりな……」

久蔵は頷いた。

「ですが、中には成上り者と蔑み、侮る者もいるとか……」

太市は眉をひそめた。

「成上り者だと……」

久蔵は、厳しさを滲ませた。

「はい。大店の小僧から普請場の手伝い、それからいろいろな仕事をし、小金を貯めて金貸しを始め、此処迄伸し上がって来た成上り者だと……」

太市は、微かな悔しさを過ぎらせた。

「なあに、己一人で事を始めて首尾良く行っている奴は、みんな成上り者だぜ」

久蔵は笑った。

「旦那さま……」

太市は、戸惑いを浮かべた。

「太市、藤兵衛を成上りだと抜かす奴は、先祖が命懸けで稼いだ金や名前で食っている能なしだ」

「先祖が命懸けで稼いだ金や名前ですか……」

「ああ。先祖が稼いだ扶持米で食っている俺たち旗本御家人も同じようなもんだぜ。よし、御苦労だったな。屋敷に戻って休んでくれ」

久蔵は、太市を労った。


神田川の流れは西日に煌めいた。

大谷甚十郎と柳沢宗之助は、神田川に架かっている昌平橋を渡った。

幸吉は二人を後ろから追い、勇次は前後左右に動きながら尾行た。

和馬は、幸吉の後ろ姿を追った。

大谷と柳沢は、八ツ小路から日本橋に続く通りに向かった。

擦れ違う娘を振り返り、露店などを冷やかし、囁き合っては笑いながら……。

幸吉と勇次は、慎重で巧妙に尾行た。

大谷と柳沢は、日本橋川に架かる日本橋を渡って尚も進んだ。

幸吉は尾行た。

勇次がやって来た。

「親分、野郎共、木挽町の金貸し藤兵衛さんの家に行くんじゃありませんかい……」

勇次は、大谷と柳沢の行き先を読んだ。

「ああ、かもしれねえな……」

幸吉は頷いた。

「行って何をする気ですかね」

勇次は心配した。

「そいつは一つだ」

幸吉は苦笑した。

「じゃあ、藤兵衛さんの命を狙って……」

「きっとな……」

「どうします」

「よし。奴らが京橋を渡ったら間違いないだろう。秋山さまの処に走れ」

「承知……」

勇次は頷き、大谷と柳沢の横手に走った。

幸吉は、振り返った。

和馬が足早に距離を詰めて来た。

おそらく和馬は、大谷と柳沢の行き先に気が付いたのだ。

幸吉と和馬は合流した。


京橋川は外濠から流れ、楓川(もみじがわ)と交差して八丁堀となって江戸湊(えどみなと)に続く。

大谷甚十郎と柳沢宗之助は、京橋川に架かっている京橋を渡った。

京橋を渡ると新両替町になり、銀座町との辻を東に曲がると三十間堀がある。

その三十間堀を渡ると木挽町だ。

大谷と柳沢は、三十間堀に架かっている紀伊国橋を渡って木挽町に入った。

勇次は見定め、南町奉行所の秋山久蔵の許に走った。

幸吉と和馬は、大谷と柳沢を尾行た。

三十間堀に夕陽が映えた。

南町奉行所の甍は、夕陽に輝いていた。

久蔵は、訪れた勇次を用部屋の庭先に通して濡縁に出た。

「おう。どうした、勇次……」

久蔵は、庭先に控えている勇次に声を掛けた。

「はい。金貸し藤兵衛さんを襲った二人の浪人、木挽町に来ました……」

勇次は報せた。

「ほう。やはりな……」

久蔵は、小さな笑みを浮かべた。

太市の睨み通り、二人の浪人は金貸し藤兵衛の命を狙って押込むのかもしれない。

「はい。それで、今は和馬の旦那とうちの親分が見張っています」

「そうか。して、二人の浪人の名前は分かったのか……」

「はい。痩せて背の高いのが大谷甚十郎、髭面が柳沢宗之助です」

「大谷甚十郎と柳沢宗之助か……」

久蔵は、溜池の傍で金貸し藤兵衛と手代を襲った二人の浪人を思い浮かべた。

「はい。大谷と柳沢は、何者かに金で雇われて藤兵衛さんを殺そうとしているようです」

勇次は告げた。

「うむ。して、大谷と柳沢を雇った奴が何処の誰か、分かったのか……」

「そいつは未だです」

「そうか。よし、俺も木挽町に行こう……」

久蔵は、濡縁から立ち上がった。


板塀の廻された家の木戸門の上には、松の木の枝が伸びていた。

大谷甚十郎と柳沢宗之助は、板塀の廻された家の周囲を彷徨(うろつ)き、窺っていた。

和馬は、大谷と柳沢の様子を見守っていた。

幸吉が、和馬の許に駆け寄った。

「やっぱり、あの家、金貸し藤兵衛さんの家でしたぜ」

幸吉は告げた。

「そうか……」

和馬は頷いた。

「さあて、奴ら、藤兵衛の家に来て何をするつもりなのか……」

和馬は苦笑した。

「様子を窺いに来ただけなのか、それとも押込んで藤兵衛さんの命を狙うのか……」

幸吉は読んだ。

夕陽は沈み、空は夕暮れの青黒さに覆われていった。

三

木挽町の家々に明かりが灯(とも)された。

大谷甚十郎と柳沢宗之助は、金貸し藤兵衛の家を見張り続けていた。

和馬と幸吉は見守った。

「和馬の旦那、親分……」

勇次と久蔵がやって来た。

「これは秋山さま……」

和馬と幸吉は迎えた。

「おう。御苦労だな。あの家が藤兵衛の家かい……」

久蔵は、板塀の廻された家を眺めた。

「はい。で、斜向いの家の路地に浪人共が潜んでいます……」

和馬は頷き、藤兵衛の家の斜向いの路地を示した。

路地には、痩せて背の高い大谷と髭面の柳沢が潜んでいた。

「大谷甚十郎と柳沢宗之助か……」

久蔵は、路地に潜んでいる大谷と柳沢を窺った。

溜池で藤兵衛を襲った二人の浪人……。

久蔵は見定めた。

「ええ。藤兵衛の家を見張っていますが、何を企んでいるのか……」

和馬は眉をひそめた。

「うむ……」

「押込むのなら、もっと夜更けじゃありませんかね……」

幸吉は睨んだ。

「まあ、そうだな……」

和馬は頷いた。

「って事は、他に何か企んでいる事があるのかな……」

久蔵は眉をひそめた。

「あっ……」

見張っていた勇次が、小さな声をあげた。

「どうした……」

幸吉が囁いた。

「藤兵衛さんと手代が出掛けるようです」

勇次は、藤兵衛の家を示した。

藤兵衛が、手代の善助の持つ提灯に足元を照らされて木戸門から出て来た。

「今頃、何処に行くのですかね……」

幸吉は眉をひそめた。

「うむ……」

久蔵と和馬は、木挽町二丁目の方に行く藤兵衛と善助を見送った。

大谷と柳沢が路地から現れ、藤兵衛と善助を追った。

「行くぞ、親分……」

和馬は、幸吉を促した。

「はい。勇次、秋山さまのお供をな……」

幸吉は勇次に命じ、和馬と共に藤兵衛と善助を尾行る大谷と柳沢を追った。

「よし。俺たちも行くよ」

「はい……」

久蔵は、勇次と共に続いた。


金貸し藤兵衛は、手代の善助の持つ提灯の明かりに誘われて木挽町五丁目に進み、三十間堀に架かっている木挽橋を渡った。

大谷甚十郎と柳沢宗之助は、藤兵衛と善助を尾行た。

和馬と幸吉は追った。

藤兵衛と善助は、三十間堀の西側の堀端を進んで汐留川に向かった。

「藤兵衛さん、何処に行くんですかね」

幸吉は、微かな戸惑いを覚えた。

「うん……」

和馬は、厳しさを滲ませた。

溜池には月が映えていた。

金貸し藤兵衛と手代の善助は、外濠沿いから溜池に向かって進んだ。

大谷甚十郎と柳沢宗之助は尾行し、和馬と幸吉は追った。

又、溜池……。

久蔵は、微かな疑念を抱いた。

溜池の先に何かがあるのか……。

久蔵は、想いを巡らせた。

和馬と幸吉は、葵坂に進んだ。

葵坂を進むと、溜池の馬場と肥前国佐賀藩江戸中屋敷の間の道になる。

それは、藤兵衛と善助が大谷と柳沢に襲われた道だ。

久蔵は、微かな疑念を募らせた。

前日に襲われた道を翌日の夜、通るものかどうか……。

久蔵は、藤兵衛の腹の内を読もうとした。

道は此しかない訳ではなく、遠回りになるかもしれないが佐賀藩江戸中屋敷の前を通る道筋もある。

堅気(かたぎ)の者なら恐れ、遠回りになっても別の道を行くのが普通だ。

それなのに何故……。

久蔵の疑念は募った。

「勇次、此のまま進んで佐賀藩江戸中屋敷の前から汐見坂に走れ」

「秋山さま……」

勇次は戸惑った。

「で、藤兵衛と善助が来たら尾行て行き先を見届けろ……」

久蔵は命じた。

「承知しました」

勇次は走った。

久蔵は、足早に葵坂に進んだ。


溜池の馬場と佐賀藩江戸中屋敷の間の道は暗く、人影もなく静寂に沈んでいた。

藤兵衛と善助は、馬場の出入口の前を通り過ぎた。

追って大谷と柳沢がやって来た。

刹那、馬場の出入口から黒い人影が飛び出して来た。

大谷と柳沢は驚き、怯んだ。

黒い人影は、刀を抜き打ちに閃かせた。

閃光が走り、大谷甚十郎と柳沢宗之助が仰け反り崩れた。

次の瞬間、和馬と幸吉は地を蹴った。

黒い人影は、素早く溜池の馬場に逃げ去った。


和馬と幸吉は、馬場の出入口で倒れている大谷と柳沢に駆け寄った。

「おい。しっかりしろ……」

和馬は、袈裟懸けに斬られて倒れている大谷甚十郎を揺り動かした。

大谷は、胸から血を流して苦しげに呻いた。

「誰だ。斬ったのは何処の誰だ……」

「わ、分からぬ……」

大谷は苦しく呻いた。

「じゃあ、誰に雇われて藤兵衛を狙っていた」

和馬は訊いた。

「も、森田屋……」

大谷は、死相を浮かべて激しく咳き込んだ。

「森田屋の誰だ……」

和馬は焦った。

「せ、清五郎……」

大谷は咳き込み、喉を鳴らして絶命した。

「大谷……」

和馬は、大谷甚十郎の死を見定めた。

「和馬の旦那……」

柳沢に駆け寄った幸吉が声を掛けて来た。

「駄目だ。そっちは……」

「首を斬られて死にました」

幸吉は、悔しさを滲ませた。

「大谷、雇ったのは森田屋清五郎だと云い残したよ」

「森田屋清五郎……」

幸吉は眉をひそめた。

「うむ……」

和馬は、暗い道を透かし見た。

金貸し藤兵衛と手代の善助の姿は、既に夜の暗がりに消えていた。

「見失いましたね……」

「ああ……」

和馬は頷いた。

「殺(や)られたようだな……」

久蔵が、厳しい面持ちで足早にやって来た。

「はい。不意に馬場から現われた奴に……」

「うむ……」

「で、大谷甚十郎、森田屋清五郎に雇われたと云い残して……」

「森田屋清五郎か……」

久蔵は眉をひそめた。

「はい。明日にでも調べてみます」

「うむ……」

久蔵は、大谷と柳沢の死体を検(あらた)めた。

「大谷は袈裟懸け、柳沢は首を一太刀。かなりの遣い手だな」

久蔵は、厳しさを過ぎらせた。

「はい。それにしても……」

和馬は眉をひそめた。

「和馬、柳橋の、此奴は待ち伏せだな」

久蔵は読んだ。

「待ち伏せ……」

「ああ。辻斬りや辻強盗なら大谷や柳沢より、その前を行った藤兵衛と善助を狙う筈だ。それを狙わず、大谷と柳沢を襲った。待ち伏せと睨んで良いだろう」

「ですが、待ち伏せなら、大谷と柳沢が此処を通ると知っていた事になります。大谷と柳沢は藤兵衛を追って……」

和馬は、何かに気が付いて言葉を飲んだ。

「まさか……」

幸吉は、和馬の気が付いた事を読んだ。

「和馬、柳橋の、おそらくそのまさかだ。大谷と柳沢が此処を通るのを前以て知っていたのは、追われる藤兵衛と善助だけだ」

「じゃあ、藤兵衛は大谷と柳沢が見張っているのに気が付いて……」

「誘き出した……」

和馬と幸吉は読んだ。

「おそらくな……」

久蔵は頷いた。

「ですが秋山さま、藤兵衛と善助、一歩も家を出ちゃあいませんよ」

「和馬、藤兵衛たちは出掛けなくても、金を借りに来た奴は何人もいた筈だ」

「じゃあ客の中に……」

「うむ……」

「秋山さま、何れにしろ藤兵衛、只の金貸しではありませんか……」

幸吉は、厳しさを滲ませた。

「ああ……」

久蔵は苦笑した。

人柄や評判の良い金貸し藤兵衛には、どうやら裏の顔があるようだ。

「それにしても藤兵衛、何処に行ったのか……」

和馬は、苛立ちを滲ませた。

「心配するな。勇次が見届けて来るさ……」

久蔵は、小さな笑みを浮かべた。

金貸し藤兵衛と手代の善助は、溜池沿いの道を進んで赤坂田町五丁目を抜け、一ツ木町の通りに曲がった。

勇次は尾行た。

藤兵衛と善助は、一ツ木町の通りを進んだ処にある古寺の山門を潜った。

勇次は、古寺の山門に駆け寄って境内(けいだい)を覗いた。

藤兵衛と善助は、境内の奥にある庫裏(くり)に入って行った。

勇次は見届けた。

秋山さまの睨み通りだった……。

勇次は、久蔵に命じられた通り佐賀藩江戸中屋敷前から汐見坂に走った。そして、榎坂(えのきざか)を行く藤兵衛と善助を見定めて尾行て来たのだ。

勇次は、久蔵の指図を無事に果せて安堵した。

寺の庫裏には明かりが灯されていた。

「赤坂一ッ木町通り、弘西寺……」

幸吉は、赤坂田町の木戸番が届けた勇次からの結び文を和馬に渡した。

結び文には、『赤坂一ッ木町通り、弘西寺』と書かれていた。

「藤兵衛と善助、赤坂一ッ木町通りにある弘西寺に行ったのか……」

和馬は眉をひそめた。

「ええ。とにかく行ってみます」

幸吉は告げた。

「向こうには得体の知れぬ遣い手がいる。俺も行く……」

和馬は告げた。

「はい。じゃあ和馬の旦那、笹舟(ささぶね)に誰かを走らせて戴けますか……」

「お安い御用だ」

幸吉は、柳橋の船宿『笹舟』に使いを走らせ、手先の新八(しんぱち)と清吉(せいきち)を呼ぶ事にした。

赤坂の弘西寺は、夜の静けさに包まれていた。

金貸し藤兵衛と手代の善助は、弘西寺に入ったまま出て来なかった。

勇次は見張った。

「此処か……」

和馬と幸吉がやって来た。

「和馬の旦那、親分……」

勇次は、微かな安堵を過ぎらせた。

「御苦労だったな。で、藤兵衛は……」

和馬は尋ねた。

「入ったままです」

勇次は、弘西寺の庫裏を示した。

「そうか……」

和馬と幸吉は、弘西寺を窺った。

「で、弘西寺の住職はどんな奴なんだ」

幸吉は、弘西寺を窺いながら訊いた。

「良庵(りょうあん)和尚と云いましてね。木戸番の話じゃあ、かなりの生臭だそうですよ」

勇次は苦笑した。

「生臭か……」

「その生臭坊主の良庵と金貸し藤兵衛、どんな拘りなのかだな」

「ええ。処で勇次、藤兵衛と善助が入った後、侍が来なかったか……」

「いいえ。誰も来ませんでしたが……」

「そうか……」

幸吉は、秘かに安堵した。

「侍がどうかしたんですか……」

勇次は、幸吉に怪訝な眼を向けた。

「うん。溜池の馬場の前で大谷と柳沢を待ち伏せして斬り殺しやがった……」

「大谷と柳沢を……」

勇次は驚いた。

「うん……」

幸吉は、事の顚末と久蔵の睨みを勇次に話して聞かせた。

「じゃあ親分、金貸しの藤兵衛さんは……」

勇次は、戸惑いを浮かべた。

「ああ。一筋縄じゃあいかない裏の顔を持っているようだぜ」

幸吉は、緊張を滲ませた。

古寺弘西寺の庫裏には、明かりが灯されたままだった。

その夜遅く、金貸し藤兵衛と手代の善助は、赤坂の古寺弘西寺の住職良庵と寺男に見送られて木挽町の家に帰った。

幸吉は、駆け付けて来た新八を勇次に付けて古寺弘西寺を引き続き見張らせた。

そして、和馬と共に藤兵衛と善助が家に帰ったのを見届け、やはり駆け付けて来た由松と清吉に見張らせた。

森田屋清五郎……。

和馬と幸吉は、浪人大谷甚十郎の云い残した〝森田屋清五郎〟を捜す事にした。

森田屋清五郎は、大谷甚十郎と柳沢宗之助を雇って金貸し藤兵衛の命を狙った。

何者なのか……。

和馬と幸吉は、南町奉行所の定町廻り同心や臨時廻り同心たちに〝森田屋清五郎〟を知っているか訊き廻った。

「ああ。森田屋清五郎なら知っているよ……」

古手の臨時廻り同心蛭子市兵衛は、事も無げに告げた。

「えっ。市兵衛さん、御存知ですか……」

「うん。森田屋清五郎がどうかしたのかい」

「ええ。で、どんな奴なんですか、森田屋清五郎……」

「森田屋は室町に店を構えている献残屋でね。清五郎は中々の遣り手の旦那だそうだよ」

「献残屋ですか……」

〝献残屋〟とは、大名や大身旗本家から献上されて不用な品物を買い取り、造り直して販売する商売だ。

「うん。どうかしたのか、森田屋清五郎……」

市兵衛は訊き返した。

「ええ。どうも浪人を雇って金貸しの命を狙っているようでしてね」

「ほう。それはそれは……」

市兵衛は眉をひそめた。

「分かりました。とにかく献残屋の森田屋清五郎、詳しく調べてみます」

和馬は、市兵衛に聞いた事を久蔵に報せて幸吉と共に室町に向かった。

日本橋を北に渡ると室町一丁目になり、三丁目の浮世小路に献残屋『森田屋』はあった。

〝森田屋〟などと云う屋号と〝清五郎〟と云う名の持ち主は幾らでもある。

市兵衛の教えてくれた献残屋『森田屋』清五郎が、浪人の大谷甚十郎が言い残した〝森田屋清五郎〟と同一人物だとは限らない。

和馬と幸吉は、『森田屋』主の清五郎の評判の聞き込みを始めた。

勇次と新八は、赤坂の弘西寺を見張り、住職の良庵の動きを見守った。

住職の良庵は、赤ら顔の肥(ふと)った中年男であり、見るからに酒好きだった。

勇次と新八は見張った。

良庵は、出掛ける事もなく昼から酒を飲んでいるようだった。

「兄貴……」

新八は、溜池からの道を示した。

着流しの浪人がやって来た。

勇次と新八は見守った。

着流しの浪人は、鋭い眼差しで辺りを窺って弘西寺の山門を潜って行った。

不意に勘が囁いた。

浪人の大谷甚十郎と柳沢宗之助を斬り棄てた遣い手……。

勇次は、微かな緊張を覚えた。

「どうかしましたか……」

新八は、勇次の微かな緊張に気が付いた。

「ああ……」

勇次は頷いた。


木挽町の藤兵衛の家には、金を借りたり返したりする客が出入りしていた。

清吉は見張っていた。

由松が、藤兵衛の家から出て来た。

「どうでした……」

清吉は迎えた。

「ああ。十日で一割の利息で二分ばかり借りて来たよ……」

由松は、借りて来た二枚の一分銀を見せた。

「で、主の藤兵衛と手代の善助ってのは……」

「いたよ。穏やかな面をしてな……」

由松は苦笑した。

藤兵衛と善助は、何事もなかったかのように金貸しの商いに励んでいた。

由松は、藤兵衛と善助の顔と様子を見定めて清吉と見張りを続けた。

四

献残屋『森田屋』は繁盛していた。

旦那の清五郎は、小まめに大名旗本屋敷を廻って献残品を買い取っていた。

献残品の中には、売り物にならないような品物もあった。だが、清五郎はそうした品物も一緒に買い取った。

大名旗本家は、損を覚悟の商いをする清五郎を便利に使った。

清五郎は、造り直した献残品を買った客に売り物にならない品物を御負けに付けた。それは、献残屋『森田屋』を繁盛させて来た。

和馬と幸吉は感心した。

献残屋『森田屋』清五郎は、商い上手の遣り手だった。

だが、献残屋『森田屋』清五郎が、殺された大谷と柳沢を雇った〝森田屋清五郎〟だと云う確かな証はなかった。

和馬と幸吉は、微かな苛立ちを覚えた。

「中々の繁盛だな……」

久蔵がやって来た。

「これは秋山さま……」

和馬と幸吉は、久蔵を迎えた。

「献残屋の森田屋が、殺された大谷の言い残した森田屋清五郎だと未だはっきりしないようだな」

「はい……」

和馬と幸吉は、悔しそうに頷いた。

「よし。こうなったら直に当たるしかあるまい」

久蔵は苦笑した。

「秋山さま……」

和馬と幸吉は、緊張を過ぎらせた。

「和馬、柳橋の、万一の時は俺が責めを取る。献残屋の森田屋清五郎を大番屋に引き立てろ」

久蔵は命じた。

南茅場町の大番屋には、裏の日本橋川を行き交う船の櫓の軋みが聞こえていた。

詮議場は冷え切っていた。

和馬と幸吉は、中肉中背でがっしりした体軀の初老の男を土間の筵に引き据えた。

座敷の框に腰掛けた久蔵は、初老の男を見据えた。

初老の男は、怯むこともなく久蔵を見上げた。

「お前が献残屋の森田屋清五郎か……」

久蔵は、初老の男に笑い掛けた。

「左様にございます。お役人さまは……」

清五郎は、久蔵に尋ねた。

「俺か、俺は南町奉行所の吟味方与力の秋山久蔵って者だ」

「秋山久蔵さま……」

清五郎は、久蔵の名を知っていたらしく僅かに緊張した。

「ああ。清五郎、大番屋に来て貰ったのは他でもない。お前、浪人の大谷甚十郎と柳沢宗之助を金で雇い、木挽町の金貸し藤兵衛を襲えと命じたな」

久蔵は、冷笑を浮かべて清五郎を見据えた。

「はい……」

清五郎は頷いた。

久蔵は笑った。

和馬と幸吉は、直ぐに認めた清五郎に戸惑った。

「清五郎、見事な程の潔さだな、感心したぜ。して何故、藤兵衛を襲わせたんだ」

「遺恨です……」

清五郎は、久蔵を見詰めてはっきりと告げた。

「遺恨……」

「はい……」

「ならば、どんな遺恨なのか、教えて貰おうか……」

「秋山さま、手前と藤兵衛は子供の頃、両替町の呉服屋に奉公していましてね……」

清五郎と藤兵衛は、呉服屋の小僧の時からの知り合いだった。

「その時、手前は随分と藤兵衛に苛められましてね。仕舞いには店の品物を持ち出して売り飛ばした罪を着せられ、追い出されてしまいました。それから普請場や人足などの手伝いをしましてねえ……」

清五郎は、遠い昔を懐かしむかのような面持ちで告げた。

何処かで聞いた話だ……。

久蔵は戸惑い、和馬と幸吉は思わず顔を見合わせた。

清五郎が語った事は、金貸し藤兵衛の過去の話と同じなのだ。

「何処かで聞いた話ですか……」

清五郎は、久蔵、和馬、幸吉の腹の内を読んで苦笑した。

「ああ。金貸し藤兵衛の昔の話と同じだぜ」

久蔵は眉をひそめた。

「その通りです。藤兵衛は手前の小僧の頃の話を自分の事として言い触らし、世間の同情を集め、苦労人だとか有徳人と呼ばれ、金貸しと云う商売のいかがわしさの隠れ蓑にしたのです」

「じゃあ何か、藤兵衛の小僧の頃の話は、清五郎、お前の小僧の頃の話なのか……」

　久蔵は眉をひそめた。

「はい。手前はそれから献残屋の旦那に拾われ、どうにかこうしてやって来ました。そして、手前を苛め、盗みの罪を擦り付けて追い出した藤兵衛が、それを自分の売りにしているのを知り……」

「遺恨を抱き、命を狙ったか……」

　久蔵は読んだ。

「はい。遺恨を抱きました。ですが、殺せと迄は命じておりません。手傷を負わせて脅し続けろと……」

「ほう。殺せとは命じてはいないか……」

「はい。殺しを命じるなら、大谷さんや柳沢さんより手練れを雇いますよ」

　清五郎は、穏やかな笑みを浮かべた。

「成る程、云う通りだな」

　久蔵は苦笑した。

「はい……」

　清五郎は、金貸し藤兵衛を殺すつもりはなかった。

遺恨を晴らす為、手傷を負わせて脅せと命じただけなのだ。

「だが、そいつが裏目に出たようだ」

「裏目……」

清五郎は、戸惑いを浮かべた。

「ああ。大谷甚十郎と柳沢宗之助、昨夜、出掛けた藤兵衛を追い、溜池の傍に誘い出され何者かに斬り殺されたよ」

久蔵は教えた。

「大谷さんと柳沢さんが殺された……」

清五郎は驚いた。

「うむ。おそらく藤兵衛の企みだ……」

久蔵は、己の読みを告げた。

「そうですか、気の毒な事をしました……」

清五郎は、瞑目(めいもく)して手を合わせた。

「それで清五郎、赤坂は一ツ木町の通りにある弘西寺を知っているか……」

「いいえ……」

「ならば、良庵と云う坊主は……」

「存じません……」

清五郎は、首を横に振った。

「そうか。よし、清五郎、暫く大番屋に泊まって貰うぜ」

久蔵は微笑んだ。

献残屋『森田屋』清五郎は、牢番たちに大人しく引き立てられて行った。

「どう思う、和馬、柳橋の……」

久蔵は、和馬と幸吉に尋ねた。

「ま、話の辻褄は合っていますね……」

和馬は頷いた。

「ええ。藤兵衛を殺すつもりなら大谷甚十郎や柳沢宗之助より手練れを雇うってのは、信用出来るんじゃあ……」

幸吉は眉をひそめた。

「その辺に嘘偽りはないか……」

久蔵は睨んだ。

「きっと……」

幸吉は頷いた。

「それにしても、藤兵衛の呉服屋の小僧の頃の話、本当は清五郎の事だったってのは、本当なんですかね」

和馬は首を捻った。

「ま、本当だと思うが……」

「藤兵衛に確かめるしかありませんか……」

幸吉は、吐息を洩らした。

「うむ。和馬、柳橋の。こうなると、大谷甚十郎と柳沢宗之助を斬り棄てた侍だな」

「はい。木挽町の藤兵衛の家と赤坂の弘西寺ですか……」

「ああ。そのどっちかに現われるだろう……」

久蔵は笑った。

久蔵は、和馬と幸吉を従えて南町奉行所に戻った。

南町奉行所には、勇次と一緒に赤坂の弘西寺を見張っている筈の新八がいた。

「親分……」

表門脇の腰掛けにいた新八は、親分の幸吉の顔を見て安堵を浮かべた。

「おう。どうした新八……」

「はい。勇次の兄貴が弘西寺に気になる浪人が来たと……」

新八は報せた。

「気になる浪人……」

幸吉は眉をひそめた。

「はい。着流しで眼の鋭い浪人です」

「秋山さま……」

「うむ。よし、柳橋の。俺も一緒に弘西寺に行こう」

「はい……」

「和馬、お前は金貸し藤兵衛を見張れ」

久蔵は命じた。

「心得ました」

和馬は頷いた。

久蔵は、幸吉と新八を従えて赤坂に急いだ。


金貸し藤兵衛の家には、相変わらず客が出入りしていた。

由松と清吉は、藤兵衛が動くのを見張り続けていた。

「変わりはないようだな」

和馬がやって来た。

「こりゃあ和馬の旦那……」

由松と清吉は迎えた。

「客に妙な奴はいなかったか……」

「今の処、気になる客はいませんぜ」

由松は告げた。

「そうか……」

「旦那、藤兵衛の命を狙っている奴、客に化けて来ますか……」

由松は読んだ。

「そいつが由松、どうも話が違って来たんだな……」

和馬は苦笑した。

「話が違って来た……」

由松は眉をひそめた。

「ああ……」

和馬は、献残屋『森田屋』清五郎を大番屋に引き立てて調べた事を話し始めた。

赤坂弘西寺は、訪れる者もいなく静かだった。

勇次は、見張り続けていた。

住職の良庵や寺男、そして着流しの浪人が出て来る事はなかった。

「兄貴……」

新八が、久蔵と幸吉を誘って来た。

「これは秋山さま、親分……」

勇次は迎えた。

「着流しの浪人、未だいるんだな」

久蔵は尋ねた。

「はい。入ったままです」

勇次は、弘西寺を示した。

「で、勇次はその着流しの浪人が大谷甚十郎と柳沢宗之助を斬った野郎だと思うのか……」

幸吉は眉をひそめた。

「はい。勘ですが、そう思えて……」

勇次は頷いた。

「よし。じゃあ、ちょいと突いてみるか……」

久蔵は、楽しげに告げた。

「じゃあ、あっしと新八が……」

幸吉は、冷笑を浮かべた。

「そうしてくれ……」

久蔵は頷いた。


幸吉と新八は、弘西寺の庫裏の腰高障子を叩いた。

「何方(どなた)ですか……」

庫裏の中から返事がし、寺男が腰高障子を開けて顔を見せた。

「あっしは柳橋の幸吉って者ですが、御住職の良庵さまはおいでですかい……」

幸吉は、寺男に十手を見せた。

「は、はい……」

寺男は、微かな戸惑いを過ぎらせた。

「じゃあ、ちょっとお逢いしたいんだがね」

幸吉は、寺男を押すように庫裏に入った。

新八が続いた。


庫裏の囲炉裏の火は燃えていた。

幸吉は框に腰掛け、新八は土間に佇んで庫裏の中を見廻した。

「酒の臭いがしますね……」

新八は眉をひそめた。

「ああ。所詮は生臭だ……」

幸吉は、嘲笑を浮かべた。

「お待たせしましたな……」

赤ら顔の肥った坊主が、寺男と奥からやって来た。

「拙僧が住職の良庵だが……」

良庵は名乗り、囲炉裏端に肥った身体を据えた。

酒の臭いが漂った。

「手前はお上の御用を承っている柳橋の幸吉、こっちは新八と申します」

「早速ですが和尚さん、木挽町の金貸し藤兵衛さんは御存知ですか……」

幸吉は、小細工なしに尋ねた。

「藤兵衛さんですか……」

「ええ……」

「知ってはいるが、親しくはありませんぞ」

「へえ。そうなんですかい……」

幸吉は、良庵に冷たい眼を向けた。

「う、うむ……」

良庵は、微かに怯んだ。

「あっしたちの調べでは、藤兵衛さんは此方の寺に夜遅く出入りする程、親しいと見ておりますがね……」

「それは……」

良庵は狼狽えた。

「良庵さん、何なら寺社方に報せて詳しく調べても良いんですぜ」

幸吉は、良庵を厳しく見据えた。

寺や神社は寺社奉行の支配であり、寺社役付同心が寺社領の犯罪の捜査逮捕を行なう。

寺社役付同心が良庵を調べれば、直ぐに酒浸りの生臭坊主と知れ、厳しい仕置を受ける事になる。

「そんな、親分さん……」

良庵は、赤ら顔に卑屈な笑みを浮かべて脂汗を滲ませた。

久蔵と勇次は、弘西寺を見詰めていた。

「秋山さま……」

勇次は、緊張を浮かべて本堂を示した。

着流しの浪人が本堂の裏手から現われ、庫裏を厳しく一瞥(いちべつ)して山門に向かった。

「奴か……」

「はい……」

久蔵は眉をひそめた。

勇次は、喉を鳴らして頷いた。

着流しの浪人は、一ツ木町の通りを溜池沿いの道に進んだ。

「行くぞ……」

「はい……」

久蔵は、勇次を従えて着流しの浪人の尾行を開始した。

溜池沿いの道には行き交う人も少なく、小鳥の囀りが響いていた。

着流しの浪人は、溜池沿いの道を馬場に向かって進んでいた。

久蔵と勇次は尾行た。

着流しの浪人の後ろ姿に隙はなく、その足取りと身のこなしはかなりの剣の遣い手だ。

久蔵は読んだ。

「勇次、良い勘しているな……」

久蔵は笑った。

「じゃあ……」

「ああ。おそらく、大谷と柳沢を斬った者に違いあるまい」

久蔵は睨んだ。

着流しの浪人は、溜池の馬場の脇を通って葵坂に向かった。

行き先は木挽町の金貸し藤兵衛の家……。

久蔵は読んだ。


金貸し藤兵衛は、木挽町の家から出て来る事はなかった。

和馬、由松、清吉は見張り続けていた。

着流しの浪人が、三十間堀に架かっている紀伊国橋の方からやって来た。

「和馬の旦那……」

由松は眉をひそめた。

「うん……」

和馬は、着流しの浪人を見詰めた。

着流しの浪人は、金貸し藤兵衛の家に向かった。

「神崎の旦那、由松さん。秋山さまと勇次の兄貴です……」

清吉は、着流しの浪人を追って来た久蔵と勇次に気付いた。

「どうやら大谷と柳沢を斬った野郎だな……」

和馬は、久蔵と勇次が追って来たのを見て見定めた。

「ええ……」

由松は頷いた。

着流しの浪人は、金貸し藤兵衛の家の前に佇んで周囲を窺い、素早く木戸門を潜った。

和馬、由松、清吉は見届けた。

久蔵と勇次がやって来た。

和馬、由松、清吉は、久蔵、勇次を迎えた。

「奴ですか……」

和馬は眉をひそめた。

「ああ。柳橋が弘西寺の良庵を突いたら出て来やがった」

久蔵は苦笑した。

「由松さん、新八です……」

清吉が、由松に告げた。

新八が、猛然と駆け寄って来た。

「どうした……」

由松は、駆け寄って来た新八に尋ねた。

「はい。弘西寺住職の良庵、浪人の水木竜之介が金貸し藤兵衛に頼まれて大谷と柳沢を斬り殺したと白状しました」

　新八は、息を弾ませながら報せた。

「そうか。よし、勇次。弘西寺に走り、柳橋に寺社方には俺が後で報せるから、良庵をお縄にしろと伝えてくれ」

　久蔵は、勇次に命じた。

「心得ました。じゃあ御免なすって……」

　勇次は、弘西寺に走った。

「秋山さま……」

　和馬は、久蔵の出方を窺った。

「和馬、由松、踏み込む。新八と清吉は表を固め、逃げ出して来る者がいたら捕えろ」

「はい……」

　新八と清吉は頷いた。

「よし。行くぞ」

　久蔵は、和馬と由松を従えて金貸し藤兵衛の家の木戸門を潜った。

藤兵衛は、鉄瓶の掛かった長火鉢の前に座り、着流しの浪人の水木竜之介と囁き合っていた。

「そうか。弘西寺に岡っ引が来たか……」

「ああ。俺は江戸から離れた方が良いかもしれぬ……」

「そうだな。路銀は私が用意しよう」

藤兵衛は頷いた。

「旦那さま……」

手代の善助は、血相を変えて店から居間に転がり込んできた。

「どうした……」

藤兵衛は眉をひそめた。

「は、はい。南町奉行所の役人が……」

善助は急を告げようとした。だが、久蔵が現われて善助を突き飛ばした。

善助は、突き飛ばされて壁に激突した。

藤兵衛と水木竜之介は、素早く立ち上がって庭に逃げようとした。

和馬と由松が庭に現われ、行く手を阻んだ。

藤兵衛と水木竜之介は怯んだ。

「金貸し藤兵衛、水木竜之介に命じて浪人の大谷甚十郎と柳沢宗之助を殺させたのは、弘西寺の良庵が白状したぜ」

久蔵は、冷たく笑い掛けた。

「お、お侍……」

藤兵衛は、久蔵が溜池の傍で大谷と柳沢から助けてくれた武士だと気付き、戸惑った。

「俺は南町奉行所の秋山久蔵だ……」

久蔵は告げた。

「わ、悪いのは森田屋です。秋山さまも御存知の通り、森田屋清五郎が大谷と柳沢に手前を殺せと命じて、ですから手前も……」

藤兵衛は、必死に言い繕った。

「そこにいる水木竜之介に、大谷と柳沢を斬り殺せと命じたか……」

「黙れ……」

水木竜之介は、久蔵に抜打ちの一刀を抜き放とうとした。

一瞬早く、久蔵は長火鉢に掛けられた鉄瓶を蹴った。

湯が赤く熾きた炭に零れ、湯気となって噴き上がり、灰神楽が舞い上がった。

水木は、思わず怯んだ。

刹那、久蔵は抜打ちの一刀を閃かせた。

閃光が貫いた。

水木は、眼を瞠って立ち竦んだ。

久蔵は、残心の構えを取った。

噴き上げた湯気と灰神楽が収まった。

水木の手から刀が落ちた。

久蔵は、残心の構えを解いた。

水木は、脇腹から血を流して倒れた。

藤兵衛は、激しく狼狽えて庭に逃げた。

「神妙にしろ」

和馬と由松は、藤兵衛を殴って捕えた。

藤兵衛は、口元に血を滲ませ、顔を醜く歪めて久蔵を睨んだ。

「金貸し藤兵衛、穏やかな苦労人を装うのも此迄だ。裏の顔を篤と見せて貰おうか……」

久蔵は、冷徹に云い放った。

浪人水木竜之介は死んだ。

久蔵は、金貸し藤兵衛と手代の善助、弘西寺住職の良庵を捕え、大番屋の牢に繋(つな)いだ。

久蔵は、良庵の酒を断(た)った。

良庵は、酒を飲みたい一心で何もかも白状した。

金貸し藤兵衛は追い詰められ、水木竜之介に金を渡して大谷甚十郎と柳沢宗之助を殺させたのを認めた。

久蔵は、金貸し藤兵衛と献残屋『森田屋』清五郎の小僧の頃を知る者を捜した。

そして、小僧の頃、藤兵衛が清五郎を苛めていた事実を突き止めた。

清五郎の云う通り、藤兵衛の昔の話は嘘偽りだった。

藤兵衛は、己が苛めた清五郎の昔を騙(かた)って苦労人を装っていたのだ。

汚ねえ野郎だ……。

久蔵は苦笑し、藤兵衛を人殺しを命じた罪で死罪に処した。そして、献残屋『森田屋』清五郎を大谷と柳沢に藤兵衛を痛め付けるように命じた罪で手鎖百日の刑に処した。

清五郎の藤兵衛に対する小僧の頃からの遺恨は、浪人水木竜之介による大谷甚十郎と柳沢宗之助殺しとなって終った。


久蔵は、大助と太市に一件の顚末と始末を教えた。

「へえ、あの金貸し藤兵衛が……」

大助は、善人だと思っていた藤兵衛の正体に驚いた。

「うむ……」

「それにしても他人の苦労を自分のものと偽り、穏やかな苦労人を装って世間を欺(あざむ)いて来たとは……」

太市は呆れた。

「ああ。世間の同情を集め、苦労人だとか有徳人だとか呼ばれた藤兵衛には、汚い裏の顔があったって訳だ」

久蔵は苦笑した。

「森田屋清五郎が腹に据えかね、痛め付けたくなった気持ちも分かりますね」

太市は、清五郎に同情した。

「うむ……」

「ですが父上、清五郎が手鎖百日の刑となると森田屋は潰れるんじゃあ……」

大助は心配した。

「うむ。だが、清五郎の事だ。若い頃の苦労を偲び、又一花咲かせるさ」

「それなら良いですが……」

「その粘り強さが、清五郎の裏の顔だろうからな……」

久蔵は笑った。

第二話　返討ち

一

隅田川は眩しく煌めいていた。

向島にある柳橋の船宿『笹舟』の隠居所からは、遊びに来ている孫の平次の賑やかな声が洩れていた。

隠居所の庭では、弥平次が孫の平次と賑やかに相撲を取っていた。

弥平次は、三度に一度は負けてやり、平次を楽しく遊ばせていた。

「さあさあ、お汁粉が出来ましたよ」

おまきが、台所から弥平次と平次の汁粉を持って来た。

「わあ、お汁粉だ……」

平次は、弥平次との相撲を止めておまきのいる居間の縁側に腰掛けた。

弥平次は、乱れた息を鳴らして平次の隣に腰掛けた。

「大分、草臥(くたび)れたようですね」

おまきは、平次に汁粉を渡しながら弥平次を一瞥した。

「ああ。手加減するのにな……」

弥平次は、慌てて息を整えた。

おまきは苦笑した。

「さあ、みんなでお汁粉を食べましょう」

お糸(いと)が三人分の汁粉、おたまが四つの茶と平次の水を持って来た。

「はい。御隠居さま……」

おたまは、茶の入った大ぶりの湯呑茶碗を弥平次の前に置いた。

「おう、すまないね」

弥平次は茶を飲み、汁粉を食べ始めた。

「戴きます」

平次が続いた。

「戴きます……」

おまき、お糸、おたまも汁粉を食べ始めた。

「祖父ちゃん、美味しいね……」

平次は、隣の弥平次に笑い掛けた。

「ああ。美味いな。平次……」

弥平次は眼を細めた。

「うん……」

平次は、楽しげに両足を揺らしながら汁粉を食べた。

弥平次は、小さく噎せて茶を飲んだ。

「お前さん、餅を喉に詰まらせないように小さく嚙んで食べるんですよ」

おまきは、心配そうに眉をひそめた。

「大丈夫だ。余計な心配するな」

弥平次は、汁粉を啜った。

「お父っつぁん、お正月に松屋の御隠居さんが餅を喉に詰めて亡くなったのは知ってんでしょう。おっ母さんも心配しますよ」

お糸は、弥平次を窘めた。

「う、うん。でもな……」

「俺に限っては、はありませんよ」

お糸は、素早く釘を刺した。

弥平次は、言葉を失った。

「それに、餅を喉に詰まらせて亡くなったなんて事になると、捕物名人の柳橋の弥平次の名前が泣きますよ」

「そうだな。餅に命を獲られちゃあ、柳橋の弥平次も笑い者だ。そいつは堪(たま)らないな」

弥平次は、尤もらしく頷いた。

「ほんと、御隠居さまは若女将(おかみ)さんに弱いんですね」

おたまは感心した。

おまきとお糸は苦笑した。

「美味いな、平次……」

弥平次は惚けた。

「うん。美味しいね。祖父ちゃん……」

平次は、口の周りを汚して屈託なく笑った。

「御免下さい……」

玄関から男の声がした。

「あっ。満願寺の茂吉さんです」

おたまは、身軽に立ち上がって玄関に向かった。

「満願寺の茂吉さんって、寺男の……」

お糸は尋ねた。

「ああ。何の用かな……」

弥平次は、眉をひそめて茶を飲んだ。


満願寺は、隅田川に流れ込む小川沿いにある小さな古い寺だった。

弥平次は、寺男の茂吉に誘われて満願寺の庫裏に入った。


女は、固い面持ちで蒲団の上に起き上がっていた。

色白で細面の顔をした女は、歳の頃は二十五、六であり、着物は水でも浴びたのか湿って汚れているがそれなりの物だった。そして、髷を崩し、手足に掠り傷が幾つかあった。

弥平次は、女の様子を窺った。

おそらく武家の妻女……。

弥平次は、女の素性を読んだ。

女は、不安を滲ませていた。

「お前さん、名前は何て云うんですかい……」

弥平次は尋ねた。

「分かりません……」

女は首を横に振った。

「じゃあ、家は何処かな……」

「それも、分かりません……」

「何処から来たかは……」

弥平次は訊いた。

女は、言葉もなく俯いた。

「名前も家も、何処から来たかも分からないか……」

弥平次は眉をひそめた。

「はい……」

女は哀しげに頷いた。

「そうですか……」

弥平次は、女を見詰めた。

「御隠居……」

痩せた住職の玄妙が、弥平次に背後から声を掛けて来た。

弥平次は、玄妙の傍に寄った。

「如何かな……」

玄妙は囁いた。

「おそらく御武家の御妻女ですね……」

「御武家の……」

「ええ。それで、玄妙さんの見立通り、自分の名や昔の事を忘れているようですね」

「やはり……」

玄妙は、弥平次が江戸でも名高い元岡っ引だと知っており、その睨みに頷いた。

「でも、どうしてかな……」

玄妙は首を捻った。

「昔、あっしが扱った事件では、頭を激しく殴られた衝撃で何もかも忘れたお侍がいました。此の女（ひと）も同じような目に遭ったのかもしれませんね」

弥平次は推し測った。

「では、ひょっとしたら誰かに追われているかもしれぬか……」

玄妙は眉をひそめた。

「ええ……」

弥平次は頷いた。

「うちの境内に迷い込み、本堂の横に倒れていたのだが、さあて、どうしたものか……」

玄妙は、困惑を浮かべた。

「そうですねえ……」

弥平次は、武家の女を窺った。

武家の女は俯き、身を固くして座っていた。

何か妙だ……。

弥平次は、武家の女の様子に微かな疑念を覚えた。


猪牙舟（ちょきぶね）は隅田川を遡（さかのぼ）って来た。

勇次は猪牙舟を巧みに操り、長命寺の前の小さな船着場に船縁を寄せた。

乗っていた新八が身軽に船着場に飛び下り、猪牙舟を船着場に繋いだ。

勇次と新八は、弥平次の隠居所に遊びに来たお糸と平次を迎えに来たのだ。

「船頭……」

旅姿の若い武士が、土手の上から声を掛けて来た。

「はい。何か……」

勇次は、土手の上にいる旅姿の若い武士を見上げた。

「此の界隈で二十五、六の武家の女を見掛けなかったか……」

旅姿の若い武士は、微かな焦りを浮かべて勇次に尋ねた。

「はあ、見掛けませんでしたが……」

「そうか。邪魔したな……」

旅姿の若い武士は、苛立たしげに云い棄てて吾妻橋の方に立ち去った。

勇次は、怪訝な面持ちで見送った。

「勇次の兄貴。何ですか、彼奴……」

新八は眉をひそめた。

「うん……」

「追ってみましょうか……」

「ああ。行き先を突き止めてみろ」

「承知。じゃあ……」

新八は、小さな笑みを浮かべて土手道に駆け上がった。


勇次は、船宿『笹舟』の隠居所の木戸を潜ろうとした。

「勇次……」

弥平次がやって来た。

「こりゃあ御隠居……」

勇次は立ち止まった。

「お糸と平次を迎えに来たのか……」

「はい……」

「そうか……」

弥平次は、それとなく辺りを見廻した。

「親分……」

勇次は、弥平次の様子に思わず昔の呼び名を使った。

「話は中だ……」

弥平次は、勇次を隠居所に入るように促した。


「へえ。自分の名前や昔を忘れた御武家の御妻女ですか……」

縁側に腰掛けた勇次は、戸惑いを浮かべた。

「ああ。それでな、ひょっとしたら追われているのかもしれないのだ」

弥平次は告げた。

「追われている……」

勇次は、旅姿の若い武士を思い出して眉をひそめた。

「勇次、何かあったのか……」

弥平次は、勇次の顔色を読んだ。

「はい。此処の船着場で旅姿の若い侍に二十五、六の武家の女を見掛けなかったかと訊かれましてね」

「旅姿の若い侍……」

「はい……」

「そうか。で、その旅姿の若い侍、どっちに行ったんだ」

「吾妻橋の方ですが、妙に苛立っていましてね。一緒に来た新八が追いましたよ」

「新八が追った……」

「はい」

「勇次、そいつは上出来だ」

弥平次は、老顔を綻(ほころ)ばせた。

「ありがとうございます。で、御隠居、その武家の御妻女は……」

「うん。かなり疲れていてな。此の先の満願寺に厄介になっている」

「そうですか。じゃあ、笹舟に戻ったら親分と相談して又来ますよ」

勇次は告げた。

「そうか。宜しく頼む……」

「はい」

「お待たせしたわね」

お糸が平次を連れ、おまきやおたまと台所から来た。

「はい。じゃあ御隠居、此で……」

勇次は立ち上がった。

「じゃあ、お父っつぁん、おっ母さん、又来ます。おたまちゃん、何かあったら直ぐに笹舟に報せてね」

「はい。心得ております」

おたまは微笑んだ。

「お糸、気を付けてね。平ちゃん、良い子でいるんだよ」

おまきは、そう云いながら平次の着物を直した。

「うん……」

平次は頷いた。

「じゃあな平次、又おいで……」

弥平次は、平次との別れを惜しんだ。


日本橋馬喰町(ばくろちょう)は夕暮れ時を迎えていた。

馬喰町は、神田川に架かる浅草御門と外濠の傍の本石町(ほんごくちょう)を結ぶ通りの途中にある。

旅姿の若い武士は、馬喰町にある旅籠(はたご)に入った。

新八は見届けた。

旅姿の若い武士は、向島から馬喰町に来る迄の間、行き交う武家の妻女を気にしたが、尾行る者に注意を払う事はなかった。

新八は、旅籠の戸口から土間を窺った。

旅姿の若い武士は、土間の横手で足を濯いで番頭に誘われて客室に向かった。

中年の女中が旅籠から出て来て、軒行燈に火を灯した。

新八は中年の女中に寄り、素早く小粒を握らせた。

「えっ……」

中年の女中は、戸惑いながらも小粒を握り締めた。

「今、着いた若い侍、何処の誰かな……」

新八は囁いた。

「ああ、あのお侍は宇都宮から来た小嶋又七郎さまですよ」

「宇都宮から来た小嶋又七郎……」

新八は、旅姿の若い武士の名を知った。

日は暮れ、馬喰町に連なる家々には明かりが灯された。

「じゃあ何か、勇次はその旅姿の若い侍が、自分が何処の誰か忘れた武家の女を追っているって云うのか……」

幸吉は眉をひそめた。

「はい。御隠居もおそらくそうだろうと。で、御隠居は武家の女の身を心配しております」

勇次は、幸吉に事の次第を報せた。

「よし。じゃあ、寺には坊主だ。雲海坊に行って貰うか……」

「雲海坊さんですか、良いですね……」

「うむ……」

「親分、勇次の兄貴……」

居間の外で新八の声がした。

「おう。入りな」

「はい……」

新八が入って来た。

「どうだった」

勇次は尋ねた。

「はい。旅姿の若い武士、馬喰町の旅籠に泊まりました。名前は小嶋又七郎で、宇都宮から来たようです」

　新八は報せた。

「宇都宮から来た小嶋又七郎か……」

「宇都宮藩の家臣ですかね……」

　勇次は読んだ。

「いや。もし宇都宮藩の家臣なら宇都宮藩の江戸屋敷に泊まる筈だぜ」

「旅籠には泊まりませんか……」

「ああ。普通はそうだが、何か訳があるのかもしれないな」

「ええ。じゃあ、ちょいと宇都宮から来た小嶋又七郎、見張ってみますか……」

「そうしてくれ。よし、雲海坊を呼んで向島の御隠居の処に行くぜ」

　幸吉は手配りをした。


　自分が何処の誰か忘れた武家の女と宇都宮から来た小嶋又七郎……。

　弥平次、幸吉、雲海坊、勇次は、二人の間に何らかの拘りがあると睨んだ。そして、雲海坊が満願寺にいる武家の女を見守り、勇次と新八が小嶋又七郎を見張る事にした。

弥平次は、雲海坊を満願寺の住職玄妙に引き合わせた。

雲海坊は、満願寺に旅の修行僧として入り、己が何処の誰か忘れた武家の女を見守った。

そこには、用心棒の役目の他に武家の女の動きを見定める狙いがあった。

武家の女は、己が何処の誰か忘れたふりをしているかもしれない。

弥平次は、その辺りを確と見定めるように雲海坊に命じた。

忘れたふり……。

雲海坊は、固く緊張した面持ちで座っている武家の女を見守った。


馬喰町の通りには、多くの人が行き交っていた。

小嶋又七郎は、旅籠『吉野屋』を出て日本橋に向かった。

勇次と新八は追った。

「何処に行くんですかね」

「さあな……」

小嶋は、旅仕度を解いて羽織袴姿だった。

勇次と新八は尾行た。

南町奉行所の中庭の白梅は満開だった。

吟味方与力の秋山久蔵は、訪れた幸吉を用部屋に迎えた。

「何かあったのか……」

「いえ。未だ何があったって訳ではありませんが……」

幸吉は、己が何処の誰か忘れた武家の女と宇都宮から来た小嶋又七郎の事を話した。そして、弥平次が気にしているのを報せた。

「ほう。隠居がな……」

「はい。それで、宇都宮藩に小嶋又七郎と云う家来がいるかどうか……」

「分かった。問い合わせてみよう」

久蔵は頷いた。

「宜しくお願いします」

幸吉は頭を下げた。

定町廻りの神崎和馬がやって来た。

「遅かったな……」

「はい。只今、仇討(あだうち)免許状を持った武士が届け出に来ましてね……」

「仇討……」

久蔵は眉をひそめた。

「ええ。それで、今時奇特な奴もいたものだと思って、ちょいと顔を拝んで来ました」

和馬は笑った。

藩に公認された仇討には免許状があり、江戸では月番の町奉行所に届けて置けば、いつ仇を討っても取調べを受けずに無罪になる。

「して、その奇特な武士、どんな奴なんだ」

「元宇都宮藩の家臣で小嶋又七郎って若い奴ですよ」

和馬は告げた。

「小嶋又七郎……」

幸吉は驚いた。

「柳橋の……」

久蔵は、思わぬ成行きに苦笑した。

「はい……」

幸吉は頷いた。

小嶋又七郎は、仇討の旅で江戸に出て来た元宇都宮藩家臣だった。

「それで和馬の旦那、今、小嶋又七郎は何処にいるんですか……」

「当番与力の近藤さまに詳しい事情を訊かれているよ」

「よし。柳橋の、俺たちも小嶋又七郎の面を拝むか……」

久蔵は、幸吉に笑い掛けた。

「はい……」

幸吉は頷いた。

「秋山さま、どう云う事ですか……」

和馬は、戸惑いを浮かべた。

「柳橋の、仔細を教えてやりな……」

久蔵は笑った。

二

月番の南町奉行所には、多くの人が出入りしていた。

勇次と新八は、表門脇の腰掛で小嶋又七郎が出て来るのを待っていた。

「何しに来たんですかね、小嶋又七郎……」

新八は、南町奉行所の玄関を眺めた。

「うん。和馬の旦那か蛭子の旦那に訊いて来るか……」

勇次は呟いた。

「勇次、新八……」

幸吉が、奉行所から出て来た。

「親分……」

「小嶋又七郎、元宇都宮藩の家臣で敵討ちの旅をしているようだぜ」

幸吉は報せた。

「えっ。敵討ち……」

勇次と新八は驚いた。

「ああ。御奉行所には仇討の届け出に来たんだぜ」

「そうなんですか……」

「うむ。どんな仇討なのかは、秋山さまが後で教えてくれるそうだ。勇次と新八は、小嶋が出て来たら引き続き尾行て、行き先を見届けてくれ」

「承知しました」

勇次は頷いた。

「親分、勇次の兄貴……」

新八が、奉行所の玄関を示した。

玄関から小嶋又七郎が出て来た。

「奴が小嶋又七郎か……」

幸吉は、小嶋又七郎を見詰めた。

「ええ……」

勇次は頷いた。

小嶋又七郎は、表門から出て行った。

「じゃあ、親分……」

勇次と新八は、幸吉を残して小嶋又七郎を追った。

「おう。気を付けてな……」

幸吉は見送り、奉行所に戻って行った。

「分かったぜ。柳橋の……」

久蔵は、用部屋に戻って来た幸吉に笑い掛けた。

「はい……」

「一年前、宇都宮藩で小嶋裕一郎（ゆういちろう）って勘定方が馬廻りの坂本蔵人（さかもとくらんど）って朋輩に斬り殺されてな。坂本蔵人は直ぐに宇都宮から逐電（ちくでん）した。その坂本蔵人が江戸にいると分かり、弟の又七郎が仇討免許状を藩から貰い、仇討にやって来たって事だ」

久蔵は、小さな笑みを浮かべた。

「又七郎が坂本蔵人を討ち、兄の裕一郎の仇討本懐を遂げれば、小嶋家の家督を継いで家は存続できるって訳だ」

和馬は告げた。

「成る程……」

幸吉は頷いた。

小嶋又七郎の仇討の事情は分かった。

「それにしても分からないのは、敵持ちの小嶋又七郎が何故、武家の女を捜していたかだな……」

久蔵は眉をひそめた。

「その武家の女の事、小嶋又七郎は何も云っていないんですか……」

幸吉は尋ねた。

「ああ……」

和馬は頷いた。

「柳橋の、この仇討、只の仇討じゃあねえかもしれねえな」

久蔵は笑った。


向島の田畑には旋風が起こり、土埃が巻き上がっていた。

雲海坊は、旅の修行僧を装って満願寺に入り、武家の女をそれとなく見張った。

武家の女は、方丈の奥の座敷で静かに時を過ごしていた。

やはり、自分が何処の誰か忘れたまま思い出せないのか……。

雲海坊は見守った。

昼が過ぎた。

住職の玄妙は檀家の許に出掛け、寺男の茂吉は庫裏の横手で薪割りに励んでいた。

武家の女は、乱れた髷と着物を整えて方丈の奥の座敷から庭に下りた。

何処に行く……。

雲海坊は見守った。

武家の女は、庭から本堂を廻って境内に出た。そして、満願寺に深々と一礼して足早に山門を出た。

雲海坊は、饅頭笠（まんじゅうがさ）を被って追った。


武家の女は、満願寺を出て小川沿いの道を隅田川に向かった。

雲海坊は追った。

隅田川の土手に出た武家の女は、吾妻橋に進んだ。

何処に行くのか……。

その足取りには、躊躇（ためら）いや迷いは窺われなかった。

自分が何処の誰か忘れているにしては、確かな足取りだ。

妙だな……。

雲海坊は、微かな疑念を覚えた。

ひょっとしたらひょっとする……。

雲海坊は、そう云って苦笑した隠居の弥平次を思い出した。

惚けていたか……。

雲海坊は苦笑し、吾妻橋に急ぐ武家の女の後を尾行た。

浅草と本所を結ぶ吾妻橋は、多くの人々が忙しく行き交っていた。


神田川沿いの柳並木は、吹く風に緑の枝を揺らしていた。

小嶋又七郎は、神田川に架かっている新シ橋を渡った。

勇次と新八は、追って新シ橋に進んだ。

小嶋は、向柳原の通りを北にある三味線堀に向かっていた。

勇次と新八は尾行た。

小嶋は、尾行られているとは露ほども思わずに進み、三味線堀の傍を通って下谷七軒町の辻を東に曲がった。そして、大名屋敷に入った。

勇次と新八は見届けた。

「何処の大名屋敷なんですかね……」

新八は眉をひそめた。

「おそらく宇都宮藩の江戸上屋敷だと思うが、ちょいと確かめて来てくれ……」

「合点です」

新八は、近くの旗本屋敷の門前を掃除している小者の許に走った。

小嶋又七郎は、江戸に出て来た挨拶をしに宇都宮藩江戸上屋敷に来たのだ。

勇次は読んだ。


刻は過ぎた。

小嶋又七郎の入った大名屋敷は、やはり宇都宮藩江戸上屋敷だった。

宇都宮藩は七万七千石であり、藩主は戸田因幡守だった。

勇次と新八は見張った。

宇都宮藩江戸上屋敷の潜り戸が開いた。

勇次と新八は、素早く物陰に潜んだ。

小嶋は、同じ年頃の江戸詰の家来と一緒に出て来た。

「出掛けるんですかね」

「うん……」

勇次と新八は見守った。

小嶋と家来は、東に進んで浅草阿部川町に向かった。

「行くぞ……」

勇次と新八は尾行た。

　小嶋又七郎と江戸詰の家来は、浅草阿部川町の片隅にある一膳飯屋の暖簾を潜った。

「どうします……」

「丁度良い。俺たちも腹拵えをしよう」

「でも、兄貴とあっしの面は、小嶋又七郎に割れていますよ」

　新八は心配した。

「なあに、向島にいた船頭が何処にいたって不思議はないさ。それに俺たちの事を覚えているかどうか……」

　勇次は苦笑した。

「それもそうですね」

　新八は頷き、勇次と共に一膳飯屋に入った。

　小嶋又七郎と江戸詰の家来は、奥で酒を飲んでいた。

　勇次と新八は、小嶋たちの傍に背を向けて座り、飯を食べ始めた。

「して源之進、坂本蔵人が日本橋の袂にいたのは間違いないのだな」

小嶋は、源之進と呼んだ江戸詰の家来に尋ねた。

「ああ。日本橋の南詰で風車や弥次郎兵衛を売っていた」

源之進は、嘲(あざけ)りを浮かべた。

「風車に弥次郎兵衛、子供の玩具(おもちゃ)を売っていたのか……」

小嶋は眉をひそめた。

「うむ……」

「で、住まいは何処だ」

小嶋は、身を乗り出した。

「さあ、そこ迄は分からぬが、日本橋の小舟町(こぶなちょう)から小網町(こあみちょう)界隈、神田は三河町の方に住んでいるやもしれぬ」

源之進は、酒を飲んだ。

「小舟町から小網町、神田は三河町か……」

「ま、日本橋の南詰に店を出している行商人仲間に訊いてみると良いかもな……」

「うん……」

「それにしても又七郎、おぬしの兄貴、どうして坂本蔵人に斬られたのだ」

「う、うん。兄貴と坂本は元々仲が悪くていろいろあってな……」

小嶋は、手酌で猪口に酒を満たした。

「そうか、して又七郎、坂本蔵人は殿の馬廻り、お前の腕で仇討本懐を遂げられるのか……」

源之進は、冷ややかな眼を向けた。

「やる。何としてでも坂本蔵人を討ち果たして本懐を遂げ、小嶋の家を継いでみせる」

小嶋は、猪口の酒を呷った。

小嶋又七郎の追う敵は、坂本蔵人と云う名であり、日本橋の高札場で風車や弥次郎兵衛などの子供の玩具を売っていた。

勇次と新八は、飯を食べながら小嶋と源之進の話を盗み聞きした。


両国広小路は見世物小屋や露店が並び、大勢の人で賑わっていた。

武家の女は、浅草広小路から蔵前の通りを南に進み、神田川に架かる浅草御門を渡った。

何処迄行くのだ……。

雲海坊は続いた。

武家の女は、木戸番や行き交う人に何事かを尋ねながら進んだ。

行き先は決まっているのだ……。

雲海坊は睨んだ。

だったら、武家の女の名前や昔を忘れていると云うのは、やはり嘘偽りなのだ。

雲海坊は苦笑した。

武家の女は、両国広小路から浜町に進んだ。そして、浜町堀(はまちょうぼり)を渡って尚も足早に進んだ。


日本橋川に架かっている日本橋には、多くの人が忙しそうに行き交っていた。

武家の女は、日本橋を南詰に渡って高札場に辿り着いた。

高札場には公儀の高札が掲げられ、日本橋川沿いには幾つかの露店が出ていた。

雲海坊は見守った。

武家の女は、高札を読んでいる人や待ち合わせをしている人、そして幾つかの露店を見廻した。

七味唐辛子売り、羅宇屋(らうや)、火打鎌(ひうちかま)売り、箒売りなどが店を開いていた。

武家の女は、高札場の周囲にいる人々と露天商などの顔をそれとなく見て歩いた。

誰かを捜している……。

雲海坊は読んだ。

武家の女は、小さな吐息を洩らして肩を落した。

高札場の周囲にいる人や露天商に捜している相手はいなかったのだ。

雲海坊は推し測った。

武家の女は、簪売りに近付いて何事かを尋ねた。

簪売りは、首を横に振った。

武家の女は、簪売りに礼を云ってその場を離れた。そして、疲れた面持ちで通りの向こうの甘味処に進んだ。

一休みするつもりか……。

雲海坊は見送った。

武家の女は、甘味処の暖簾を潜った。

雲海坊は、簪売りに近付いた。

「やあ……」

雲海坊は、饅頭笠をあげて箒売りに笑い掛けた。

「こりゃあお坊さま、托鉢ですか……」

「うむ。処で今の御武家の御妻女、何を尋ねたのかな」

「は、はい。坂本蔵人さまと仰る御武家さまを知らないかと……」

箒売りは、微かな戸惑いを浮かべた。

「坂本蔵人……」

雲海坊は眉をひそめた。

「はい……」

箒売りは頷いた。

「そうですか。では、お邪魔しますよ」

雲海坊は、箒売りの隣に佇んで経を読み始めた。

武家の女は、日本橋の高札場に坂本蔵人と云う侍を捜しに来たのだ。

坂本蔵人とは何者なのか……。

そして、武家の女とどのような拘りがあるのか……。

雲海坊は、経を読みながら推し測った。

浅草阿部川町の一膳飯屋の腰高障子が開いた。

一膳飯屋を先に出ていた勇次と新八は、物陰に隠れながら見守った。

小嶋又七郎と源之進が、一膳飯屋から出て来て下谷七軒町に戻り始めた。

勇次と新八は追った。

小嶋又七郎は、宇都宮藩江戸上屋敷の門前で源之進と別れ、三味線堀の傍を通って神田川に向かった。

勇次と新八は尾行た。

陽は西に大きく傾き、神田川に向かう小嶋又七郎の横顔を赤く照らした。


夕暮れ時。

日本橋の高札場で高札を読む者や待ち合わせの人は減り、露店は店仕舞いをし始めた。

雲海坊は、経を読みながら通りの向こうの甘味処を見詰めていた。

武家の女が出て来た。

漸く出て来た……。

雲海坊は、経を読みながら武家の女の動きを見守った。

武家の女は、高札場に来た。そして、居合わせた数少ない人たちを見て歩いた。

しかし、数少ない人たちの中に捜している坂本蔵人はいなかった。

雲海坊は見守った。

武家の女は、悄然とした足取りで日本橋に向かった。そして、日本橋の上に佇み、夕陽の映えている日本橋川を眺めた。

屋根船が櫓の軋みを鳴らし、ゆっくりと大川に去って行く。

武家の女は哀しげに眺め、目元をそっと拭った。

泣いている……。

雲海坊は、日本橋に佇む武家の女を眺めた。

刻が僅かに流れた。

武家の女は、日本橋を北詰に下りて日本橋川沿いの道に進んだ。

雲海坊は、追い掛けようとした。

荷物を背負った総髪の浪人が、日本橋川沿いを行く武家の女を見ながら日本橋の北詰に現われた。

雲海坊は、思わず立ち止まった。

荷物を背負った総髪の浪人は、躊躇いがちに武家の女に続いた。

まさか……。

武家の女が捜している坂本蔵人なのかもしれない。

雲海坊は、緊張を滲ませて慎重に追った。


武家の女は、日本橋川に架かる江戸橋と西堀留川に架かる荒布橋（あらめばし）の間に出た。

そして、どちらに行くか迷った。

「卒爾（そつじ）ながら……」

武家の女は、背後からの声に振り返った。

荷物を背負った総髪の浪人が、夕暮れを背にして佇んでいた。

武家の女は、微かに残る夕陽を顔に受けて総髪の浪人に探る眼差しを向けた。

「早苗（さなえ）どのか……」

浪人は尋ねた。

「蔵人さま……」

早苗と呼ばれた武家の女は、総髪の浪人を蔵人と呼んだ。

坂本蔵人……。

総髪の浪人は、早苗が捜していた坂本蔵人だったのだ。

雲海坊は、物陰の暗がりから見守った。

「やはり、早苗どのでしたか……」

浪人の坂本の声には、懐かしさが含まれていた。

「はい。早苗にございます……」

早苗は、懐かしさと安堵の余り涙声で頷いた。

浪人の坂本は、早苗に近寄った。

「国許の宇都宮から参られたのか……」

「はい。蔵人さま、小嶋裕一郎の弟の又七郎が江戸に出て来ています」

早苗は、厳しい面持ちで告げた。

「小嶋又七郎が……」

坂本は眉をひそめた。

「はい……」

早苗は、坂本に縋る眼差しを向けて頷いた。

「早苗どの、此処では何だ。宿は何処です」

「いいえ。何処にも……」

「ならば、私の処に行きましょう……」

坂本は誘った。

「は、はい……」

早苗は、坂本を見詰めて頷いた。


日本橋川沿いの小網町三丁目の外れに行徳河岸はあった。

行徳河岸は、下総国行徳から江戸に塩などを運んでくる行徳船の発着場だった。

坂本蔵人は、その行徳河岸の傍の古長屋に早苗を誘った。

古長屋の家々には小さな明かりが温かく灯され、子供の楽しげな笑い声が響いていた。

坂本は、古長屋の奥の家に早苗を連れて入った。

雲海坊は見届けた。

宿のない早苗は、今夜此処に泊まるのかもしれない。

さあて、どうする……。

事の顚末を親分の幸吉に報せなければならない。だが、報せに行っている間に動かれては拙い。

雲海坊は手紙を書き、小網町の木戸番に柳橋の船宿『笹舟』に届けるように頼み、古長屋の見張りに就いた。


刻が過ぎた。

早苗が、古長屋の坂本の家から出て来る事はなかった。

泊まるつもりだ……。

雲海坊は睨んだ。

そうだとすれば……。

雲海坊は、早苗と坂本蔵人の仲を読んだ。そして、幸吉が助っ人に寄越した清吉を見張りに残し、船宿『笹舟』に戻った。

三

行燈の灯は、幸吉、勇次、雲海坊の顔を照らしていた。

「自分が何処の誰か分からなくなった武家の女の名前は早苗か……」

幸吉は、漸く武家の女の名を知った。

「ええ。で、日本橋の高札場で坂本蔵人って浪人を捜し廻りましてね。漸く出逢って……」

雲海坊は告げた。

「坂本の行徳河岸の古長屋に行ったのか……」

「ええ。で、坂本蔵人ってのは……」

雲海坊は尋ねた。

「そいつなんだが、雲海坊。今度の一件、仇討が絡んでいるんだぜ」

「仇討……」

雲海坊は眉をひそめた。

「ええ。小嶋又七郎が仇討の討手として捜している敵が坂本蔵人なんですよ……」

勇次は、己が摑んで来た事実を雲海坊に話した。

「それで、早苗は日本橋の高札場で坂本蔵人を捜していたのか……」

雲海坊は知った。

「それにしても雲海坊、早苗は坂本蔵人が日本橋の高札場にいると、どうして知っていたんだ」

幸吉は首を捻った。

「そうですね。どうして知ったんですかね」

勇次は眉をひそめた。

「さあ、それは……」

雲海坊は困惑した。

「まあいい。そいつも間もなく分かるだろう。それより勇次、小嶋又七郎はどうした」

「はい。あれから三味線堀にある宇都宮藩江戸上屋敷に行きましてね。源之進って勤番武士と酒を飲んで馬喰町の旅籠に戻り、今は新八が見張っています」

勇次は告げた。

「うん。小嶋又七郎、辿り着けるかな。敵の坂本蔵人に……」

幸吉は眉をひそめた。

行燈は油が切れたのか、微かな音を鳴らした。


「そうか。小嶋又七郎が追っている敵の坂本蔵人、いたか……」

久蔵は、小さな笑みを浮かべた。

「はい。うちの御隠居が気にした自分の名前や昔を忘れた武家の女が……」

幸吉は、武家の女が満願寺を脱け出し、日本橋の高札場で坂本蔵人を捜し、出逢った事を話した。

「して、その早苗なる女、小嶋又七郎が敵と追う坂本蔵人と良い仲なのか……」

久蔵は眉をひそめた。

「はい。雲海坊の睨みですが、間違いないでしょう」

「うむ……」

「それにしても早苗は何故、名前や昔を忘れたなんて惚けた真似をしたのか、どうして坂本蔵人が日本橋の高札場にいると知っていたのか……」

和馬は眉をひそめた。

「ええ。そして、早苗は坂本に小嶋又七郎が討手として江戸に来たと教えました。分からない事だらけですよ」

幸吉は首を捻った。

「おそらく早苗も宇都宮藩に拘りがあるのに間違いあるまいが、詳しくは宇都宮藩に訊いてみるしかないだろう。よし、俺が宇都宮藩の江戸上屋敷に行ってみよう」

久蔵は笑った。

「そいつは、御造作をお掛けします」

幸吉は礼を述べた。

「で、秋山さま、坂本蔵人の居場所、小嶋又七郎には……」

「和馬、町奉行所は仇討の届け出は受けるが、助っ人はしない。ま、成行きをじっくり見せて貰うさ……」

久蔵は、小さな笑みを浮かべた。


行徳河岸には行徳船が着き、人足たちが忙しく荷下ろしをしていた。

雲海坊と清吉は、古長屋の坂本蔵人の家を見張った。

古長屋の亭主たちは仕事に出掛け、おかみさんたちは洗濯を終えて井戸端に人気がなくなった。

坂本の家の腰高障子が開いた。

雲海坊と清吉は、木戸に素早く隠れた。

塗笠を被った坂本蔵人が荷物を背負って現われ、辺りを鋭く見廻しながら腰高障子を後ろ手に閉めた。

「働きに行くんですかね……」

清吉は、荷物を背負って出掛けて行く坂本を見詰めた。

「きっとな。よし、俺が尾行る。清吉はこのまま早苗を見張れ」

「はい……」

雲海坊は、清吉に命じて坂本蔵人を追った。

清吉は、坂本の家を見張り続けた。


馬喰町の旅籠『吉野屋』には、様々な客が出入りしていた。

小嶋又七郎は、朝の忙しさが一息ついた頃に出て来て日本橋に向かった。

勇次と新八は、物陰から現われて小嶋又七郎を追った。


日本橋の高札場は、高札を読む者や待ち合わせをする者がおり、七味唐辛子売り、火打鎌売り、羅宇屋、箒売りなどが店を開いていた。

小嶋又七郎は、露店商を見廻した。

風車や弥次郎兵衛など玩具を売る店はなかった。

坂本蔵人は此から来るのかもしれない……。

小嶋は睨み、暫く待ってみる事にした。

「坂本蔵人が来るのを待つつもりなんですかね……」

新八は、小嶋の動きを読んだ。

「きっとな……」

勇次は頷いた。

日本橋には多くの人が行き交い、刻は過ぎた。

小嶋は、現われない坂本蔵人に焦れたのか、羅宇屋に近付いた。

新八は、何気ない素振りで羅宇屋の隣の七味唐辛子売りに近付いた。

「いらっしゃい……」

「七味を貰おうか、山椒を多めにな……」

新八は七味唐辛子売りに注文し、隣の小嶋と羅宇屋の話に聞き耳を立てた。

「坂本蔵人って浪人さんですか……」

羅宇屋は、煙管の掃除をしながら訊き返した。

「ああ。此処で風車や弥次郎兵衛などの玩具を売っていた筈なのだが、知らないか……」

小嶋は尋ねた。

「ああ。玩具を売っていた浪人さんならいましたが、名前が坂本蔵人さんかどうかは知りませんぜ……」

「そうか。で、その浪人、今日は来ないのかな……」

「さあ、此処の処、見掛けませんね」

羅宇屋は、煩わしさを過ぎらせた。

「何処か他の処で商いをしているのかな」

「子供相手の商いですからね。何処かの縁日でも廻っているのかもしれません
よ」

「そうか。ならば住まいは知らぬか……」

「知りませんねえ……」

羅宇屋は、仕事をしながら煩わしそうに眉をひそめた。

「おう。羅宇屋……」

派手な半纏を着た人相の悪い男が、煙草入れを手にしてやって来た。

「いらっしゃい……」

羅宇屋は迎えた。

小嶋は、腹立たしげに羅宇屋から離れて日本橋の袂に行った。

新八は、小さな竹筒に入った七味唐辛子を受け取り、金を払って勇次の許に戻

った。そして、勇次に小嶋と羅宇屋の遣り取りを教えた。

小嶋又七郎は、日本橋の袂から高札場を見張っていた。

「粘り強いと云うか、執念深い奴ですね」

新八は眉をひそめた。

「敵の坂本蔵人の手掛りは此処しかないんだ。粘り強くもなるさ……」

勇次は苦笑した。

羅宇屋に来た派手な半纏を着た人相の悪い男が、日本橋の袂にいる小嶋又七郎に近寄って声を掛けた。

「勇次の兄貴……」

新八は眉をひそめた。

「よし……」

勇次は日本橋の袂に行き、小嶋と派手な半纏を着た人相の悪い男の傍に人待ち顔で佇んだ。

「その香具師の梵天一家の竜吉が俺に何の用だ……」

小嶋又七郎は、竜吉と名乗った派手な半纏を着た人相の悪い男を窺った。

「お侍さん、あっしたちは露天商を取り仕切り、護ってやるのが生業でしてね」

竜吉は苦笑した。

「それがどうした……」

「風車売りの浪人を捜しているとか……」

竜吉は笑い掛けた。

「知っているのか……」

小嶋は、思わず声をあげた。

「ええ。見掛けた覚えがありますぜ」

「ならば今、何処にいるかは……」

「調べれば直ぐに分かりますが……」

竜吉は、小嶋に狡猾な眼を向けた。

「ならば調べてくれ……」

小嶋は、必死の面持ちで身を乗り出した。

「お侍さん、調べるには若い者を使い、いろいろと金が掛りますがね」

竜吉は、小嶋の出方を窺った。

「分かった。風車売りの浪人が見付かればそれなりの金を払う。約束する」

小嶋は頼んだ。

「じゃあ、先ずはお侍さんの名前を……」

「おお。拙者は元宇都宮藩家中の小嶋又七郎だ……」

「じゃあ小嶋の旦那、その風車売りの浪人の事を詳しく教えて貰いましょうか……」

竜吉は、小嶋を一方に誘った。

勇次は、新八に目配せをした。

新八は頷き、小嶋と竜吉を追った。

勇次は、充分な間を取って新八に続いた。

飯倉神明宮は三縁山増上寺の前にあり、参詣客で賑わっていた。

坂本蔵人は、鳥居の横に連なる露店の端で風車や弥次郎兵衛を売り始めた。

「さあ、可愛い子供の土産に風車や弥次郎兵衛は如何かな……」

坂本は、風車を作りながら売り声をあげていた。

下手な口上だ……。

雲海坊は苦笑した。

よし……。

雲海坊は、坂本の隣に佇んだ。

坂本は、微かな緊張を滲ませた眼を向けた。

「やあ。拙僧もお仲間に入れて貰います。宜しくお願いしますよ」

雲海坊は、笑顔で頭を下げた。

「此は御坊。こちらこそ……」

坂本は微笑んだ。

「では、お騒がせ致します」

雲海坊は、経を読んで托鉢を始めた。

飯倉神明宮は賑わっていた。


日本橋の北詰にある蕎麦屋は、既に暖簾を揺らしていた。

勇次は、蕎麦屋の斜向いの路地にいる新八に駆け寄った。

「あの蕎麦屋に入りましたよ」

新八は告げた。

「そうか。派手な半纏の野郎は香具師の梵天一家の竜吉。小嶋又七郎に金を出せば、坂本蔵人が何処で風車を売っているか調べると持ち掛けたぜ」

勇次は教えた。

「香具師の梵天一家の竜吉ですかい……」

「ああ。香具師の一家が乗り出せば、坂本蔵人が何処で商いをしているかは、直ぐに突き止めるだろうな」

「ええ。きっと……」

新八は頷いた。

「さあて、どうなる事やら……」

勇次は、眉をひそめて蕎麦屋を見詰めた。


下谷七軒町の宇都宮藩江戸上屋敷は、静けさに覆われていた。

秋山久蔵は、取次ぎの番士に江戸目付に逢いたいと告げた。そして、久蔵は使者の間に通された。

久蔵が出された茶を飲む間もなく、初老の武士がやって来た。

「拙者、宇都宮藩江戸目付頭の真山忠太夫(まやまちゅうだゆう)にございます」

「私は南町奉行所吟味方与力の秋山久蔵。急な訪問、御容赦下さい」

「いえ。して秋山どの、当藩の者が何かしでかしましたかな」

真山は、微かな不安を過ぎらせた。

「いえ。過日、月番の南町奉行所に仇討免許状を届けられた元御当家家臣の小嶋又七郎どのの事です」

「ああ。仇討の件ですか……」

真山は、微かな安堵を滲ませた。

「はい。小嶋又七郎の兄の裕一郎どのは、何故に坂本蔵人なる者に斬られたのですかな」

「そ、それは……」

真山は、言葉を濁した。

「真山どの、御存知ならばお教え願いたい」

久蔵は、真山を厳しく見据えた。

「実は秋山どの、拙者は父祖代々の江戸詰めで国許の事は詳しくないのだが、聞く処によれば、坂本蔵人が小嶋裕一郎の妻女に懸想したのを窘められ、恨みに思って斬り殺し、逐電したと……」

真山は眉をひそめた。

「して、弟の又七郎が仇討に来ましたか……」

「うむ。江戸詰の者が坂本を日本橋の高札場で見掛けましてな。直ぐに小嶋家に報せた処、一族の者共が集まり、殺された裕一郎の妻と弟の又七郎を敵討ちに旅立たせたのです」

「殺された裕一郎の妻……」

久蔵は眉をひそめた。

「左様。小嶋家としては、又七郎が敵の坂本蔵人を討ち果たし本懐を遂げたなら、後家になった裕一郎の妻を娶らせて家を継がせるつもりだそうです」

弟が死んだ兄の妻を娶って家督を継ぐ事は、時々ある事だった。

「真山どの、その殺された裕一郎どのの御妻女は今……」

「又七郎の話では、何でも千住の宿で熱を出して倒れたので、千住の寺に頼んで置いて来たそうです」

「左様ですか。して、御妻女の名は……」

「確か小嶋早苗だったかと……」

真山は、首を捻りながら告げた。

「早苗……」

久蔵は眉をひそめた。

己の名前や昔を忘れた振りをした武家の女早苗は、坂本蔵人に斬り棄てられた小嶋裕一郎の妻だった。

今、その早苗は宇都宮から一緒に来た義弟の又七郎と別れ、夫を斬り殺した敵の坂本蔵人の許にいるのだ。

どう云う事なのだ……。

久蔵は、事態を読もうとした。


蕎麦屋から小嶋又七郎と竜吉が出て来た。

「じゃあ、小嶋の旦那、馬喰町の旅籠吉野屋でしたね」

竜吉は、薄笑いを浮かべた。

「ああ……」

「分かり次第、報せますぜ……」

「宜しく頼む……」

「お任せを、じゃあ御免なすって……」

竜吉は、薄笑いを浮かべて駆け去った。

勇次は、小嶋を新八に任せて八ツ小路に向かう竜吉を追った。

「新八、小嶋を頼む……」


増上寺の鐘が午の刻九つ（正午）を告げた。

飯倉神明宮の参詣人は減り、人々は昼飯や休息の時を迎えた。

露店を開いている者たちは、それぞれの弁当を食べ始めた。

坂本蔵人は、握り飯を出して食べ始めた。

雲海坊は、久し振りの托鉢で長い経を読んだ所為か腹が減った。

「ならば、拙僧も何処かで昼飯を……」

雲海坊は、昼飯を食べに行く事にした。

「御坊、握り飯で宜しければ、一つ如何ですか……」

坂本は、竹で編んだ弁当箱に入れた握り飯を差し出した。

「これは、申し訳ありませんな」

「いいえ。御遠慮なく……」

「ならば、お言葉に甘えて……」

雲海坊は、手を合わせて握り飯を貰い、食べ始めた。

握り飯は、塩加減が良くて美味かった。

「美味いですな……」

雲海坊は感心した。

「そうですか。そいつは良かった……」

坂本は、嬉しげに笑った。

握り飯は、おそらく早苗が握った物なのだ。

坂本は、早苗の握り飯が雲海坊に誉められたのを喜んだ。

「さあさあ、もう一つ、どうぞ」

坂本は、雲海坊に再び握り飯を勧めた。

「此は忝い。では、もう一つ。拙僧は雲海坊と申します」

雲海坊は名乗った。

「私は坂本蔵人です……」

雲海坊と坂本は、互いに名乗り合った。

決して悪い奴ではない……。

雲海坊は、坂本蔵人が人を斬って敵と追われるような者には思えなかった。だが、敵として追われている身なのは確かなのだ。

何かがある……。

雲海坊は、坂本が小嶋又七郎の兄を斬った裏に秘められているものが気になった。

坂本は、握り飯を美味そうに食べていた。

雲海坊は微笑んだ。

神田連雀町(れんじゃくちょう)に梵天一家はあった。

竜吉は梵天一家に戻り、店土間にいた若い者たちに何事かを尋ねていた。

風車や弥次郎兵衛を売っている浪人を知らないか……。

勇次は、竜吉が若い者たちに尋ねている事を読んだ。

四

武家の女は、小嶋又七郎の兄で坂本蔵人に斬り殺された裕一郎の妻だった。

久蔵は、和馬と幸吉に報せた。

「えっ。じゃあ早苗は今、夫を殺した敵と一緒にいるんですか……」

和馬は驚いた。

「そう云う事になるな……」

久蔵は苦笑した。

「って事は秋山さま、早苗さんは千住の宿で一緒に江戸に出て来た義弟の又七郎と別れて江戸に来る途中、向島で具合が悪くなって満願寺に転がり込んだのですかね」

幸吉は尋ねた。

「ま、そんな処だと思うが、又七郎とは別れたと云うより、逃げたのだろうな」

久蔵は読んだ。

「坂本蔵人に討手の又七郎が来た事を逸早く報せる為にですか……」

和馬は、戸惑いを浮かべた。

「うむ。坂本蔵人は、早苗に懸想して夫の小嶋裕一郎に窘められ、それを恨みに思って斬ったとされているが……」

「反対の場合もありますか……」

「ああ。夫の小嶋裕一郎が妻の早苗と坂本蔵人の仲を疑い、坂本に襲い掛って逆に斬られた。それ故、早苗は坂本に報せに走ったのかもしれない……」

久蔵は睨んだ。

「となると、早苗さんと坂本蔵人は……」

幸吉は、厳しさを滲ませた。

「まさか、既に情を交わしていた……」

和馬は眉をひそめた。

「和馬、柳橋の、おそらくそのまさかだ。それ故、早苗は夫の敵の坂本蔵人と一緒にいるんじゃあないのかな……」

久蔵は、小さな笑みを浮かべた。


香具師の梵天一家の竜吉は、二人の若い者を従えて日本橋に向かった。

勇次は追った。

竜吉と二人の若い者は、日本橋を渡って高札場の横を抜け、京橋に進んだ。

日本橋の高札場には、小嶋又七郎と新八の姿は見えなかった。

小嶋が馬喰町の旅籠に戻り、新八は追って行った……。

勇次は、そう読みながら竜吉と二人の若い者を追った。

何処に行くのか……。

勇次は読んだ。

竜吉たちは、おそらく風車や弥次郎兵衛などの玩具を売る浪人の坂本蔵人を捜し、何処にいるのか見定めようとしているのだ。

風車や弥次郎兵衛を売る処となると……。

勇次は、京橋を渡って行く竜吉たちを追いながら読んだ。

此の先にある人の集まる処は、築地の西本願寺か芝口の増上寺と飯倉神明宮ぐらいだ。

勇次は、想いを巡らしながら銀座町から尾張町に進んだ。

築地の西本願寺に曲がる辻は通り過ぎた。

増上寺か飯倉神明宮……。

勇次は、竜吉と二人の若い者を追った。


「柳橋の……」

和馬は、日本橋からの通りに出た処で芝口に向かう勇次に気が付いた。

「何ですかい……」

「今、勇次が芝口の方に行ったぜ」

南町奉行所のある数寄屋橋御門を出て真っ直ぐ進むと日本橋からの通りになる。

和馬は、幸吉と日本橋の高札場から小網町に廻るつもりだった。

「えっ。誰かを追っているのかな……」

幸吉は、芝口に向かう通りを眺めた。

「どうする……」

「ちょいと追ってみます」

「よし。俺も行くぜ」

幸吉と和馬は、勇次を追った。


飯倉神明宮は賑わっていた。

雲海坊と坂本蔵人は、鳥居の脇で商いを続けていた。

坂本は、子供客相手の一文二文の商いを丁寧に行なっていた。

雲海坊は、坂本蔵人の誠実な人柄を知った。

派手な半纏を着た男が、二人の若い者を従えてやって来た。

雲海坊は眉をひそめた。

派手な半纏を着た男と二人の若い者は、坂本の前に立った。

「いらっしゃい。風車かな……」

坂本は、派手な半纏を着た男を見上げた。

「お前さん、名前は……」

派手な半纏を着た男は、薄笑いを浮かべて坂本に尋ねた。

「さあて、兄いは……」

「俺は香具師の梵天一家の竜吉って者だが、坂本蔵人さんだね」

雲海坊は、経を読みながら錫杖を握った。

「だとしたら何用だ……」

坂本は、竜吉を見返した。

「お前さんを捜している人がいるんだ。一緒に来て貰おうか……」

若い者の一人が坂本を押さえ付けた。

刹那、坂本は若い者を投げ飛ばし、素早く立ち上がった。

露店の客と主たちが驚き、慌てて散った。

「手前……」

竜吉と若い者は匕首を抜いた。

坂本は身構えた。

若い者が匕首を構え、坂本に突き掛かった。

雲海坊は、錫杖で突き掛かる若い者を殴り飛ばした。

若い者は、悲鳴をあげて倒れた。

竜吉は怯んだ。

「雲海坊さん……」

坂本は戸惑った。

「何が梵天一家の竜吉だ……」

雲海坊は、竜吉に嘲笑を浴びせた。

「何をしているんだ……」

幸吉と勇次が、十手を持って駆け寄って来た。

竜吉は慌てて逃げた。

和馬が現われ、行く手を塞(ふさ)いだ。

竜吉は囲まれ、狼狽えた。

「竜吉、神妙にするんだな……」

和馬は笑った。

竜吉は立ち竦んだ。

幸吉と勇次は、竜吉を取り押さえ付けて素早く縄を打った。

坂本蔵人は、事の成行きに困惑した。

「元宇都宮藩家中の坂本蔵人さんだね」

和馬は尋ねた。

「い、如何にも……」

坂本は頷いた。

「私は南町奉行所同心神崎和馬、ちょいと訊きたい事がある」

和馬は笑い掛けた。

「えっ。あっ、お役人、此方(こちら)の御坊は拘りありませんぞ」

坂本は、戸惑いながらも雲海坊を庇った。

「心配は無用ですよ、坂本さん……」

雲海坊は、坂本の人柄の良さに微笑んだ。


行徳河岸の古長屋には、赤ん坊の泣き声が響いていた。

清吉は、木戸の陰から坂本の家を見張り続けた。

坂本の家の腰高障子が開き、早苗が現われて辺りを窺った。

清吉は緊張した。

早苗は、腰高障子を後ろ手に閉めて足早に古長屋を出た。

清吉は追った。


和馬と勇次は、竜吉と二人の若い者を南町奉行所の牢に叩き込んだ。そして、久蔵と共に外濠に架かっている数寄屋橋御門前の蕎麦屋の二階の座敷にあがった。

蕎麦屋の二階の座敷には、坂本蔵人が雲海坊や幸吉と一緒にいた。

「やあ。坂本蔵人さんか……」

久蔵は、坂本に笑い掛けた。

「はい……」

「俺は秋山久蔵って者だ。ちょいと訊きたい事があってね」

「敵討ちの件ですか……」

坂本は読んでいた。

「うむ。何故、宇都宮で小嶋裕一郎なる者を斬り棄てたんだい……」

「それは……」

坂本は、顔を苦しげに歪めた。

「坂本さん、秋山さまは決して悪いようにはしない。何もかもお話しするのが一番ですよ」

雲海坊は勧めた。

「雲海坊さん……」

坂本は、戸惑いを浮かべた。

「それが私の握り飯の御礼です」

雲海坊は笑った。

「そうでしたか……」

坂本は、雲海坊の素性に気が付いた。

「さあて、話す気になったかな……」

久蔵は笑った。

「ええ。秋山どの、私と早苗は秘かに行く末を約束した仲でした。ですが、早苗のお父上はそれを知らず、嫌がる早苗を小嶋裕一郎に嫁がせたのです。早苗の辛い日々が始まりました。裕一郎は早苗の気持ちが己にないのに気が付きました。そして、裕一郎は早苗を殴り蹴って責め、私との拘りを知りました……」

坂本は溜息を吐いた。

「で、おぬしを問い詰めて来たか……」

久蔵は、裕一郎の動きを読んだ。

「いいえ。問い詰める処か、いきなり斬り掛かって来たのです」

「いきなり……」

久蔵は眉をひそめた。

「はい。で、咄嗟に……」

坂本は、無念そうに顔を歪めた。

「斬り棄てたか、小嶋裕一郎を……」

久蔵は、坂本を見詰めた。

「はい。私は小嶋裕一郎を斬り棄て、宇都宮藩から逐電したのです……」

坂本は、迷いや躊躇いもなく告げた。

「成る程、良く分かった。そして、一年後の今、早苗と弟の又七郎が敵討ちの討手として江戸に来たか……」

「はい。小嶋家の一族の者たちは、又七郎が本懐を遂げたら後家になった早苗を娶らせ、家督を継がせると決めて。それ故か、又七郎は宇都宮からの道中、度々早苗に迫ったそうです。それで……」

「早苗どのは千住の宿で又七郎から逃げたのだな……」

「はい。そう早苗に聞きました……」

坂本は頷いた。

久蔵、和馬、幸吉、雲海坊、勇次は、敵討ちに秘められた事情を知った。


日本橋馬喰町の旅籠『吉野屋』……。

早苗は、町々の木戸番に尋ねながら辿り着いた。

清吉は追って来た。

早苗は、旅籠『吉野屋』の中を窺った。

清吉は見守った。

「清吉……」

新八が背後に現われた。

「新八、吉野屋には小嶋又七郎が泊まっているんだよな」

「ああ。早苗さんか……」

新八は、旅籠『吉野屋』を窺っている早苗を示した。

「うん。何しに来たのか……」

清吉と新八は、早苗を見守った。

早苗は、掃除に出て来た女中に何事かを尋ねた。

女中は、早苗の聞いた事に頷いて『吉野屋』に戻った。

早苗は、辺りを見廻して『吉野屋』の横手の路地に入った。

新八と清吉は、緊張した面持ちで見守った。

小嶋又七郎が刀を手にし、『吉野屋』から飛び出して来て辺りを見廻した。

刹那、早苗が背後の路地から現われ、又七郎に駆け寄った。

その手には煌めく匕首が握られていた。

新八と清吉は驚き、凍て付いた。

又七郎は振り返った。

早苗は、匕首で突き掛かった。

又七郎は倒れるようにして匕首を躱し、刀を抜打ちに払った。

早苗は、腕を斬られて血を飛ばした。だが、怯まず、倒れている又七郎に突き掛かった。

又七郎は、咄嗟に刀を突き出した。

刀は早苗の腹を貫いた。

早苗は仰け反った。
新八と清吉は、早苗と又七郎に走った。
又七郎は、慌てて立ち上がった。
早苗は崩れ落ちた。
新八と清吉は、倒れた早苗に駆け寄った。
早苗は、意識を失っていた。
「誰か医者だ。医者を呼んでくれ」
新八と清吉は、恐ろしげに立ち竦んでいる人々に叫んだ。
又七郎は、握り締めた血刀を震わせ、乱れた息を激しく鳴らしていた。

早苗が小嶋又七郎に斬られた……。
急報は清吉によってもたらされた。
久蔵は、坂本蔵人を伴って和馬、幸吉、雲海坊、勇次と馬喰町に急いだ。
早苗は、馬喰町の町医者の家に担ぎ込まれていた。
久蔵は、坂本と雲海坊を連れて町医者の家に向かい、和馬と幸吉は旅籠『吉野屋』にいる小嶋又七郎の許に行った。

　町医者の家の前では、新八が緊張した面持ちで警戒していた。

「新八……」

「秋山さま……」

「早苗どのは中だな」

「はい……」

　新八は頷いた。

　久蔵は、坂本や雲海坊と町医者の家に入った。


　早苗は座敷に横たえられ、顔に白布が掛けられていた。

　久蔵と雲海坊は手を合わせた。

　坂本は、呆然とした面持ちで早苗の遺体の傍に座り込み、白布を取った。

　早苗の死に顔は穏やかだった。

「早苗……」

　坂本は、嗄(しやが)れ声を引き攣(つ)らせた。

　肩は小刻みに揺れ、その頬から涙が滴(したた)り落ちた。

「担ぎ込まれて来た時は、未だ息をしていたのだが……」

町医者は、残念そうに告げた。

「そうですか。して新八……」

「はい。早苗さんが旅籠に訪ねて来て小嶋又七郎を呼び出し、いきなり匕首で突き掛かりました。ですが逆に……」

新八は、僅かに声を震わせた。

「小嶋又七郎に斬られたか……」

「はい……」

新八は、止められなかったのを悔んでいた。

「して、小嶋又七郎は……」

坂本は、静かに尋ねた。

「秋山さま……」

新八は、教えて良いのか、久蔵を窺った。

久蔵は頷いた。

「旅籠の吉野屋に……」

新八は告げた。

「坂本さん……」

久蔵は、坂本の腹の内を読んだ。

「秋山どの、早苗は私の身を案じ……。私が逃げ隠れしたばかりに……。私はもう逃げ隠れはせぬ……」

坂本は、哀しみと怒りを交錯させて覚悟を決めた。

久蔵は頷いた。


小嶋又七郎は、強張(こわば)った面持ちで座り込んでいた。

「それにしても、殺す迄もなかったのではないのかな……」

和馬は、小嶋を冷ややかに見据えた。

「不意の事だ。不意に襲って来たからだ。悪いのは早苗だ。俺は悪くない……」

小嶋は声を震わせた。

「ま、いい。ひょっとしたら、此でおぬしも敵持ちになったかもしれぬな」

和馬は、冷たく云い放った。

「何……」

小嶋は、困惑を浮かべた。

「早苗さんに縁のある者が、おぬしを敵と付け狙っても不思議はあるまい」

「そんな……」

小嶋は狼狽えた。

「和馬の旦那……」

幸吉が入って来て、和馬に何事かを囁いた。

和馬は頷き、小嶋を見据えた。

「小嶋どの、敵の坂本蔵人が初音の馬場で待っているそうだ」

「えっ……」

小嶋は眉をひそめた。

「敵の坂本蔵人が見付かって祝着至極。さあ、初音の馬場に案内致そう」

和馬と幸吉は冷たく笑った。


日本橋馬喰町には初音の馬場があった。

小嶋又七郎は、和馬と幸吉に誘われて初音の馬場にやって来た。

勇次が新八や清吉と、初音の馬場の出入口を固めた。

土手に囲まれた初音の馬場には、坂本蔵人が久蔵や雲海坊と待っていた。

「坂本蔵人……」
小嶋又七郎は、坂本蔵人を睨み付けた。
坂本は、刀を手にして進み出た。
「坂本、兄小嶋裕一郎の無念、今こそ晴らす、尋常に勝負しろ」
小嶋は声を震わせた。
「望む処だ。小嶋又七郎……」
坂本は、小嶋を冷たく見据えた。
久蔵、和馬、幸吉、雲海坊、勇次、新八、清吉たちは見守った。
坂本は、刀を抜き放った。
刀は煌めいた。
小嶋は思わず後退りし、刀を抜いて構えた。
坂本は、抜いた刀を無雑作に下げて小嶋に向かった。
剣の腕は坂本が上だ……。
久蔵は見定めた。
小嶋は、刀を青眼に構えて僅かに後退りをした。
坂本は、刀を上段に構えて静かに間合いを詰め、見切りの内に踏み込んだ。

刹那、小嶋は猛然と坂本に斬り掛かった。

坂本は躱さず、刀を上段から無雑作に斬り下げた。

閃光が交錯した。

小嶋は立ち竦んだ。

坂本は袈裟懸けに斬られ、着物に血を滲ませた。

次の瞬間、小嶋の額から血が湧き出すかのように溢れて滴り落ちた。そして、血に濡れた顔を激しく歪めて前のめりに倒れた。

坂本は、崩れるように両膝を突いた。

「和馬……」

久蔵は、和馬に事態を見定めるように促した。

和馬は、幸吉、勇次、雲海坊と共に坂本と小嶋の許に走り、様子を見た。

小嶋又七郎は絶命しており、坂本蔵人は意識を失っていた。

坂本蔵人は、勝てる小嶋又七郎を相手に相討ちを選んだ。

早苗を追っての後追い心中……。

久蔵は見定めた。

小嶋又七郎の敵討ちは、返討ちに終った。

久蔵は、宇都宮藩江戸上屋敷に小嶋又七郎の敵討ちが返討ちに終ったと報せた。


二日後、坂本蔵人は息を引き取った。

行徳河岸の古長屋には、早苗の手紙が遺されていた。

手紙には、逢えて一夜を共にして幸せだった。そして、自分の所為で窮地に陥(おとしい)れたと詫びの言葉が書き綴られていた。

久蔵は、弥平次と相談して早苗と坂本蔵人の遺体を向島の満願寺に葬った。


隅田川は静かに流れ続けた。

第三話

親父橋

一

親父橋は東堀留川に架かっており、照降町と葭町を結んでいた。
親父橋の名の謂われは、かつて日本橋に吉原遊廓を開いた庄司甚右衛門が架けた橋なので付けられたものだ。

夜、東堀留川には行き交う船もなく、蒼白い月影が流れに揺れていた。
隙間風の伊佐吉は、盗っ人仲間と酒を飲んで微酔いだった。
花見時が近付き、夜空には気の早い桜の花片が舞っていた。
伊佐吉は鼻歌混じりで、照降町から東堀留川に架かっている親父橋に差し掛かった。

「お兄さん……」

　女の声が掛けられた。

「えっ……」

　伊佐吉は、女の声のした親父橋の袂を見た。

　手拭を被った年増が、親父橋の袂の柳の木の陰に佇んでいた。

「姐(ねえ)さん、俺に用かい……」

　伊佐吉は笑った。

「ええ。良かったら遊びませんか……」

　年増は、地味な着物を纏(まと)い、細面の顔を緊張に強張らせていた。

　素人(しろうと)女だ……。

　伊佐吉の勘が囁いた。

「へえ。姐さんが遊ぼうってのかい……」

「は、はい……」

　年増は、強張った面持ちで頷いた。

「そいつは良いが、今夜は一杯やって来てね。もう二十文ぐらいしかねえんだな」

伊佐吉は苦笑した。

「そうですか、では……」

年増は微かな安堵を浮かべ、伊佐吉に会釈をして東堀留川沿いの道を小走りに立ち去った。

素人女が金に困って身体を売ろうとした……。

伊佐吉はそう睨み、夜の闇に紛れて行く年増を見送った。

亥の刻四つ（午後十時）の鐘の音が、遠くから鳴り響き始めた。

「おう。亥の刻か……」

伊佐吉は、小さく身震いをして親父橋を渡って塒のある人形町に急いだ。

東叡山寛永寺前、下谷広小路は多くの参拝客や見物客で賑わっていた。

前夜、下谷広小路傍の上野北大門町にある呉服屋『井筒屋』に盗っ人が忍び込み、百両の金を盗み、気付いた主を刺し殺して逃げると云う事件が起きた。

南町奉行所定町廻り同心の神崎和馬は、下っ引の勇次に誘われて呉服屋『井筒屋』にやって来た。

呉服屋『井筒屋』には、岡っ引の柳橋の幸吉がしゃぼん玉売りの由松や新八と調べを進めていた。

「やあ。御苦労さん……」

和馬は、幸吉、由松、新八を労った。

「いえ……」

「で、仏さんは……」

「こちらです……」

幸吉は、和馬を母屋の仏間に誘った。


呉服屋『井筒屋』の主伝兵衛(でんべえ)の遺体は、仏間に安置されていた。

和馬は仏に手を合わせ、遺体を検めた。

伝兵衛は、胸を匕首で一突きされて死んでいた。

「匕首で心の臓を一突きか……」

和馬は睨んだ。

「はい。旦那の伝兵衛さん、盗っ人に気が付き、捕まえようとして刺された。そうですね、お内儀さん……」

幸吉は、遺体に付き添っていたお内儀のおとみに尋ねた。

「はい……」

お内儀のおとみは、涙を拭いながら頷いた。

「で、盗っ人は一人だったのかな」

「はい。ですから、主の伝兵衛は捕まえようとして……」

「そうか。して、盗まれた金は幾らなんだ」

「はい。旦那が手許金として手文庫に入れてあった百両だとか。そうですね、彦造さん……」

幸吉は、お内儀おとみの背後に控えている老番頭の彦造を見ながら告げた。

「はい。左様にございます」

老番頭は頷いた。

「一人働きの盗っ人か……」

和馬は知った。

「きっと……」

幸吉は頷いた。

「で、盗っ人が押込んだのは、何刻ぐらいだ」

「確か寛永寺の鐘が鳴っていましたので、亥の刻四つだと思います」

お内儀のおとみは、途切れない涙を拭った。

「亥の刻四つか……」

「はい……」

「いや。辛い事を良く話してくれた。少し休むがいい」

和馬は、お内儀のおとみに同情した。

「して柳橋の、盗っ人は何処から忍び込んでいるんだ」

「そいつが未だはっきりしないんですが、こちらに……」

幸吉は、和馬を母屋の廊下の奥に誘った。


母屋の廊下の奥では、由松が雨戸と敷居を検めていた。

「どうだ……」

幸吉は、由松に尋ねた。

「やっぱり、此処が盗っ人の忍び口ですね」

由松は見定めた。

「そうか……」

「此処の敷居だけに、雨戸を開ける音を消す為の油が流された跡があります」

由松は、油が染み込んで僅かに変色している敷居の溝を示した。

「油で雨戸の開(あ)け閉(た)ての音を消すか……」

和馬は眉をひそめた。

「ええ。そして僅かに開けて忍び込むって手口ですよ」

幸吉は睨んだ。

「柳橋の、その辺の手口から盗っ人が何処の誰か割れるかもしれないな」

和馬は読んだ。

「はい……」

幸吉は頷いた。


呉服屋『井筒屋』に押込んだ盗っ人は、母屋の雨戸の猿(さる)を道具を使って外し、敷居に油を流して己が入れるだけ開けて忍び込む。そして、金蔵を狙わずに主の手許金だけを盗み取る。

素早く忍び込み、金を奪って消える一人働きの盗っ人……。

和馬と幸吉たちは、呉服屋『井筒屋』から金を奪い、主の伝兵衛を刺し殺して逃げた一人働きの盗っ人の割出しを急いだ。


勇次と清吉、由松と新八は、盗っ人の割出しを急いだ。

由松と新八は、本所竪川二つ目之橋の南詰にある百獣屋を訪れた。

百獣屋は獣の肉を食べさせる店であり、猪の肉は牡丹、鹿は紅葉、馬は桜とそれぞれの符牒で呼んでいた。

「やあ。五郎八の父っつぁん、暫くだったな。牡丹鍋を貰おうか……」

由松は、慣れた様子で無精髭の亭主五郎八に注文した。

「おう……」

五郎八は、無愛想に頷いた。

「由松さん、牡丹鍋ってのは……」

新八は、獣の肉を食べた事がなかった。

「猪の肉だ。美味いぞ……」

由松は笑った。

五郎八が、熾きた炭の入った七輪を持って来て由松と新八の間に置いた。

「父っつぁん、変わりはないようだな」

「ああ。お陰さんでな。由松、向島の御隠居さんにお変わりはねえかい」

五郎八は、隠居した柳橋の弥平次の世話になった事があった。

「ああ。お変わりねえぜ」

「そいつは良かった。で、何が訊きたいんだ」

五郎八は眉をひそめた。

「相変わらず良い勘しているじゃあねえか」

由松は、笑みを浮かべて誉めた。

「お前が来る時は、何かを訊きたい時だけだ」

五郎八は苦笑した。

「一人働きの盗っ人で雨戸の敷居に油を垂らし、面倒な金蔵の金を狙わず、手許にある金だけを盗む盗っ人、知らねえかな……」

由松は訊いた。

「知らねえ事もないが……」

五郎八は、その眼に笑みを滲ませた。

「誰かな……」

「俺の知っている限りじゃあ、その手口は隙間風の伊佐吉って盗っ人だよ」

五郎八は、事も無げに告げた。

「隙間風の伊佐吉……」

由松は眉をひそめた。

「ああ。若くて背の高い粋がった野郎だが、何処かに押込んだのか……」

「ああ。で、その隙間風の伊佐吉、塒は何処なんだい……」

「さあな……」

五郎八は首を捻った。

「分からないか……」

「そう云えば、いつだったたか、わざわざ日本橋から食いに来てやったと抜かしていたな」

「日本橋か……」

「由松さん……」

「うん。先ずは牡丹鍋を食ってからだ……」

由松は笑った。

「おまちどお、牡丹鍋だよ」

板前が、肉と野菜を入れた鍋を持って来て七輪に乗せた。

隙間風の伊佐吉、塒は日本橋界隈……。

由松と新八は、幸吉に報せた。

「隙間風の伊佐吉か。で、由松は日本橋のどの辺だと思う」

幸吉は眉をひそめた。

「日本橋の南なら霊岸島辺り、北なら東西の堀留川から浜町堀。それから鎌倉河岸に玉池稲荷辺りですか……」

由松は睨んだ。

「うん。よし、由松は勇次や雲海坊、新八と手分けして捜してみてくれ。俺は和馬の旦那に報せ、盗みで牢屋敷に入れられている奴らに隙間風の伊佐吉の塒を知らないか訊いてみるぜ」

幸吉は手配りをした。

「承知……」

岡っ引の柳橋の幸吉配下の者たちは、打ち合わせをして探索に向かった。

「隙間風の伊佐吉か。洒落た二つ名を付けやがって……」

南町奉行所吟味方与力の秋山久蔵は苦笑した。

「はい。で、柳橋の話では、塒はおそらく日本橋界隈ではないかと……」

和馬は、控えている幸吉を示した。

「日本橋界隈か……」

久蔵は、幸吉に尋ねた。

「はい。今、勇次たちが捜しています」

「うむ……」

久蔵は頷いた。

「それで秋山さま。今、牢屋敷に入れられている盗っ人に逢えないでしょうか……」

幸吉は尋ねた。

「隙間風の伊佐吉を知っている奴か……」

久蔵は、幸吉の腹の内を読んだ。

「はい……」

幸吉は頷いた。

「よし。今、牢屋奉行の石出帯刀(いしでたてわき)どのに書状を書く。和馬、柳橋と一緒に行きな」

久蔵は命じた。

牢屋敷は小伝馬町（こでんまちょう）にあった。

和馬と幸吉は、牢屋奉行の石出帯刀に久蔵の書状を差出し、最近入牢した盗賊に逢いたいと頼んだ。

石出帯刀は、快く承諾して入ったばかりの中年の盗っ人の松蔵（まつぞう）に逢わせてくれる事になった。

和馬と幸吉は、牢屋敷内の改番所の腰掛で待った。

中年の盗っ人の松蔵は、牢屋同心と牢屋下男に伴われて当番所から出て来た。

松蔵は、眩しげに空を見上げた。

「神崎さん、十日前に入牢した松蔵です」

牢屋同心は、松蔵を引き合わせた。

「そうですか。じゃあ柳橋の……」

和馬は、幸吉を促した。

「はい。やあ、松蔵、呼び立てて済まないな」

幸吉は詫びた。

「いいえ。十日振りの御天道様。礼を申しますぜ。で、あっしに何か……」

松蔵は、幸吉に向き直った。

「ま、腰掛けてくれ」

幸吉は、松蔵に腰掛を勧めた。

松蔵は、牢屋同心を窺った。

牢屋同心は頷いた。

「それじゃあ……」

松蔵は、腰掛に腰を下ろした。

「松蔵、隙間風の伊佐吉って盗っ人を知っているかな」

幸吉は尋ねた。

「隙間風の伊佐吉ですかい……」

松蔵は小さく笑った。

「ああ。知っているね」

「一度だけ逢った事がありますよ」

松蔵は、隙間風の伊佐吉を知っていた。

「じゃあ、伊佐吉の塒が何処か、知っているかな……」

「伊佐吉の塒ですかい……」

松蔵は眉をひそめた。

「ああ……」

幸吉は頷いた。

松蔵は立ち上がり、手足を伸ばして大きく背伸びをした。

「確か人形町だと聞きましたよ」

松蔵は、気持ち良さそうに空を向いて眼を瞑った。

「人形町の何処だ……」

「お稲荷さんの傍だと聞いた覚えがあります」

松蔵は、眼を瞑ったまま告げた。

「人形町のお稲荷さんの傍……」

幸吉と和馬は、顔を見合わせた。

「ええ。あっしが知っているのは、そこ迄ですよ」

松蔵は、眼を開けて笑った。

日本橋人形町通りの稲荷堂は、長谷川町と新和泉町にあった。

和馬と幸吉は、隙間風の伊佐吉捜しを長谷川町と新和泉町の稲荷堂界隈に集中した。

由松と新八は長谷川町、勇次と雲海坊は新和泉町の稲荷堂界隈に隙間風の伊佐吉を捜した。


新和泉町は、東堀留川と浜町堀の間にある町だった。

勇次と雲海坊は、新和泉町の木戸番を訪れた。

「お稲荷さんの界隈に……」

新和泉町の木戸番は眉をひそめた。

「ええ。伊佐吉って若くて背の高い奴なんだが、知りませんかね」

勇次は尋ねた。

「さあ。伊佐吉って名前かどうか知らないけど、若くて背の高い奴はいますよ」

「何処ですか……」

勇次は身を乗り出した。

「お稲荷さんの隣にある長屋だよ」

木戸番は告げた。

「雲海坊さん……」

「よし。行ってみよう……」

雲海坊は頷いた。

「はい……」

勇次と雲海坊は、夕暮れの町を急いだ。


新和泉町の稲荷堂の隣の長屋……。

勇次と雲海坊は、稲荷堂の傍から長屋を窺った。

長屋は古く、井戸端では中年のおかみさんが晩飯の仕度をしていた。

勇次は、中年のおかみさんにそれとなく聞き込みを掛けた。

「伊佐吉さんですか……」

中年のおかみさんは眉をひそめた。

「ええ。此の長屋に住んでいると聞いて来たんだがね」

勇次は、長屋の連なる家々を窺った。

「若くて背の高い人かい……」

中年のおかみさんは訊き返した。

「ええ。いるんですか……」

「奥の家に住んでいるけど、名前は伊佐吉じゃあなくて伊之吉さんだよ」

中年のおかみさんは首を捻った。

「伊之吉……」

「ええ。伊佐吉さんじゃあないよ」

伊佐吉と伊之吉、おそらく偽名だ……。

勇次は睨んだ。

「で、奥の家ですね」

「ええ。でも、昼過ぎに出掛けて未だ帰っちゃあいませんよ」

中年のおかみさんは告げた。

「そうですかい。で、その伊之吉、何を生業にしているんですかね……」

「さあねえ。毎日、昼過ぎに出掛けて、夜遅くに帰って来ていますよ」

「夜、遅くねえ……」

「伊之吉さん、どうかしたのかい……」

「いえ。あっしが捜しているのは伊佐吉でして、伊之吉じゃありません。どうやら人違いのようです」

勇次は誤魔化した。

伊之吉は、おそらく隙間風の伊佐吉に間違いない……。

勇次と雲海坊は見定め、幸吉に報せた。

幸吉は、由松や新八と共に新和泉町の稲荷堂に駆け付けて来た。


おかみさんたちの夕食の仕度も終わり、仕事を終えた亭主たちが次々に帰って来た。そして、長屋の家々には明かりが灯された。

伊佐吉の奥の家だけは、明かりが灯されず暗いままだった。

幸吉は、勇次、雲海坊、由松、新八と古い長屋の周囲を固めて伊佐吉が帰って来るのを待った。

夜は更け、新和泉町の通りに人影は途絶えた。

戌(いぬ)の刻五つ(午後八時)が過ぎても、古い長屋の奥の家に明かりは灯らなかった。

「親分……」

新八が、東堀留川に続く道を示した。

人影が夜道をやって来た。

幸吉は、厳しい面持ちで人影を見詰めた。

二

隙間風の伊佐吉は、日本橋室町の扇屋に押込む下調べをし、人形町通りは新和泉町の稲荷堂傍の長屋に向かっていた。

室町の扇屋は間口は狭いが、京扇などの高級品を扱う老舗(しにせ)であり、大名旗本家の御用達(ごようたし)もしていて内証は裕福だった。

旦那の手許金も百両は固い……。

伊佐吉は睨み、忍び口探しなどの押込みの下調べを続けていた。

行く手に稲荷堂が見えた。

伊佐吉は、稲荷堂の前を通って古い長屋の木戸を潜った。

長屋の家々の明かりは、既に消えていた。

伊佐吉は、警戒をする素振りもなく長屋の奥の家に入った。

「親分、伊佐吉です……」

新八は見定めた。

伊佐吉の家に明かりが灯された。

「ああ、隙間風の伊佐吉に間違いないな」

幸吉は頷いた。

「はい……」

「よし……」

幸吉は、新八を従えて伊佐吉の家に向かった。

雲海坊が現われ、木戸を固めた。

「新八……」

幸吉は、十手を握り締めて新八を促した。

新八は頷き、腰高障子を蹴飛ばした。

腰高障子は弾け飛んだ。

幸吉は、家の中に飛び込んだ。

伊佐吉は、血相を変えて家の奥の障子に走った。

裏から逃げる……。

幸吉と新八は、追って家に上がった。

勇次と由松が雨戸と障子を蹴破り、裏から踏み込んで来た。

伊佐吉は囲まれた。

「な、何だ、手前ら……」

伊佐吉は、恐怖に声を引き攣らせた。

「隙間風の伊佐吉、上野北大門町の呉服屋井筒屋に押込み、百両を奪って旦那を殺めたな。神妙にしろ」

幸吉は、伊佐吉に十手を突き付けた。

「し、知らねえ。呉服屋の井筒屋も百両奪って旦那を殺したのも知らねえ。俺は本当に何も知らねえ」

伊佐吉は、必死に声を震わせた。

「黙れ、伊佐吉。云いたい事があるなら大番屋で聞かせて貰うぜ」

幸吉は突き放した。

勇次と新八は、伊佐吉を押さえ込んで縄を打った。

盗っ人の隙間風の伊佐吉はお縄になった。

翌日、秋山久蔵は南町奉行所に出仕した。

和馬は、足音を鳴らして久蔵の用部屋にやって来た。

「秋山さま……」

「おう。早いな……」

「昨夜、柳橋の幸吉たちが隙間風の伊佐吉をお縄にしました」

「ほう。流石(さすが)は柳橋だな」

久蔵は笑った。

「はい。で、南茅場町の大番屋に入れました」

「で、隙間風の伊佐吉、呉服屋井筒屋に押込み、百両を奪って伝兵衛を殺した事を白状したのか……」

「そいつが……」

和馬は、戸惑いを浮かべた。

「白状しないのか……」

久蔵は眉をひそめた。

「はい。呉服屋の井筒屋に押込んでもいないし、百両を盗んでもなく、旦那の伝兵衛を殺してもいないと。ま、どんな悪党でも最初はそう云いますがね……」

和馬は笑った。

「うむ……」

「では、此から大番屋に行ってみます」

和馬は、用部屋を出ようとした。

「よし、和馬、俺も隙間風の伊佐吉の面を拝みに行くぜ」

久蔵は立ち上がった。


日本橋川は緩やかに流れていた。

南茅場町の大番屋は、日本橋川を背にして建っていた。

詮議場は暗く沈んでいた。

久蔵は座敷に上がり、和馬は框に腰掛けた。

幸吉と勇次や小者が、隙間風の伊佐吉を土間の筵に引き据えた。

伊佐吉は、框に腰掛けている和馬を怯えた眼で見上げた。

「やあ、お前が盗っ人の隙間風の伊佐吉か……」

和馬は、土間にいる伊佐吉を見据えた。

「はい……」

伊佐吉は頷いた。

「一昨日（おととい）の夜の亥の刻四つ。上野北大門町にある呉服屋井筒屋に押込み、百両の手許金を盗んで主の伝兵衛を殺めたな」

和馬は、伊佐吉に厳しく尋ねた。

「知りません。あっしは知りません」

伊佐吉は、必死な面持ちで顔を横に振った。

「惚けるな、伊佐吉。お前は押込みの時、雨戸の敷居の溝に油を垂らして音を消して忍び込み、金蔵を狙わず、手許金だけを盗む……」

和馬は、伊佐吉を見据えた。

伊佐吉は震えた。

「そいつが、お前の盗賊働きの手口なんだろう。伊佐吉……」

和馬は決め付けた。

「は、はい……」

伊佐吉は頷いた。

「呉服屋の井筒屋もそうして押込まれ、手許金の百両を盗まれたんだぜ」

「で、ですが、違います……」

伊佐吉は首を横に振った。

「だが、手口はお前のものだな」

「は、はい……」

伊佐吉は項垂れた。

「そして、捕まえようとした旦那の伝兵衛を刺し殺して逃げた……」

和馬は、伊佐吉を厳しく見据えた。

「違います。旦那、あっしは押込んで金は戴きますが、人を殺めたりはしません」

伊佐吉は狼狽えた。

狼狽えて必死に否定した。

「往生際（おうじょうぎわ）が悪いな、伊佐吉……」

和馬は、冷たく笑った。

「ですが、ですが、あっしは本当に井筒屋に押込んでもいなければ、旦那を殺してもいません。本当です、旦那。仰る通り、あっしは雨戸の敷居に油を垂らして忍び込んで手許金だけを盗む盗っ人です。ですが、人を殺めたりはしません。信じて下さい……」

伊佐吉は、縋る眼差しで和馬に訴えた。

「何処迄も惚けるのか、伊佐吉。何ならお前の身体に訊いてもいいんだぜ」

和馬は、詮議場の壁際に置いてある責道具の十露盤と抱き石を示した。

「旦那……」

伊佐吉は、恐怖に激しく震えて泣き出した。

「伊佐吉、お前も隙間風の二つ名がある盗っ人なら、往生際は良くするんだぜ」

和馬は、冷徹に云い放った。

「でも違うんです。あっしじゃあないんです。違うんです」

伊佐吉は啜り泣いた。

和馬は、勇次と小者に目配せをした。

「よし。伊佐吉、素直に白状する気になる迄待ってやる。ちょいと休むんだな」

「はい……」

勇次と小者は、啜り泣いている伊佐吉を両脇から立たせて詮議場から連れ出して行った。

和馬は、小さな吐息を洩らした。

「和馬の旦那……」

幸吉は眉をひそめた。

「うん。どう思う、柳橋の……」

「ええ。野郎の必死な顔を見ていたら、何だか違うような気もしますね」

幸吉は首を捻った。

「うん。俺もそんな気になってしまったぜ」

和馬は苦笑した。

「和馬、柳橋の。伊佐吉の押込みの手口だが、真似をしようと思うなら誰でも出来るな」

久蔵は告げた。

「ええ……」

和馬は頷いた。

「誰かが真似をしたかもしれませんか……」

幸吉は、久蔵の腹の内を読んだ。

「ああ。呉服屋井筒屋が押込まれ、旦那の伝兵衛が殺されたのは、一昨日の夜の亥の刻四つだったな」

「はい……」

和馬は頷いた。

「伊佐吉が違うと云い張るのなら、亥の刻四つに何をしていたかだな」

久蔵は、小さな笑みを浮かべた。

盗っ人が、上野北大門町の呉服屋『井筒屋』に押込んだとされているのは亥の刻四つだ。その時、隙間風の伊佐吉が、他の処にいた事が証明されれば、押込んで金を奪い、主の伝兵衛を殺める事は出来ない。

「はい……」

幸吉は頷いた。

「分かりました。その辺を確かめてみます」

和馬は、次に詮議する事を決めた。


半刻が過ぎた。

和馬は、伊佐吉を再び詮議場に引き据えた。

「どうだ、伊佐吉。何もかも話す気になったか……」

和馬は尋ねた。

「旦那、あっしは本当に呉服屋井筒屋に押込んじゃあいません」

伊佐吉は、疲れた面持ちで和馬を見詰めた。

「そうか。ならば伊佐吉、誰かがお前の押込みの手口を真似て押込んだと云うのか……」

「はい。かもしれません……」

伊佐吉は頷いた。

「だとしたら伊佐吉。一昨日の夜、井筒屋に盗っ人が押込んだ亥の刻四つ、お前は何処で何をしていたのだ……」

「えっ……」

伊佐吉は、戸惑いを浮かべた。

「一昨日の夜の亥の刻四つだ」

「は、はい。一昨日の夜は日本橋の青物町の居酒屋で知り合いと酒を飲んで、人形町の家に帰りました」

「青物町の居酒屋、何て店だ」

「升屋(ますや)です……」

「升屋だな。で、知り合いってのは何処の誰だ」

「そ、それは……」

伊佐吉は、躊躇い口籠(くちごも)った。

「盗っ人仲間だな……」

和馬は、伊佐吉が躊躇い口籠った理由を読んだ。

「それは……」

伊佐吉は狼狽えた。

「伊佐吉、此処で正直に言わなければ、旦那の折角の御好意が無駄になるんだ。正直に話すんだな」

幸吉は、穏やかに諭した。

「はい。鼠鳴(ねずな)きの利助(りすけ)って奴と升屋で飲んでいました」

伊佐吉は項垂れた。

「鼠鳴きの利助……」

「はい。忍び込んで気付かれた時、鼠(ねずみ)の鳴き声を真似て逃れたって奴です」

「それで、鼠鳴きか……」

和馬は苦笑した。

「はい……」

「で、鼠鳴きの利助、塒は何処だ」

「神田八ツ小路の近くだと聞いてますが、詳しくは知りません」

「伊佐吉……」

和馬は、厳しい声をあげた。

「本当です。あっしたちはお互いの事を詳しく訊いたり、話したりはしないのが定法でして……」

「そうか。で、鼠鳴きの利助と升屋で亥の刻四つ迄、酒を飲んでいたのか……」

「いいえ。その前に御開きにして、あっしは人形町の長屋に帰りました。その帰り道に亥の刻四つの鐘の音が聞こえました」

伊佐吉は告げた。

日本橋青物町の居酒屋から人形町の長屋に帰る間に亥の刻四つの鐘の音を聞いたのなら、上野北大門町の呉服屋井筒屋に押込む事は出来ない。

「そいつに間違いないのだな」

「はい……」

伊佐吉は頷いた。

「じゃあ伊佐吉、そいつを証明出来るものはあるのか……」

「証明出来るもの……」

伊佐吉は眉をひそめた。

「ああ……」

「そう云えば旦那、あっしが日本橋から照降町を抜けて親父橋に差し掛かった時、年増から声を掛けられました」

伊佐吉は、僅かに声を弾ませた。

「親父橋で年増に……」

和馬は眉をひそめた。

「はい。丁度その時、亥の刻四つの鐘の音が聞こえました」

「伊佐吉、その年増、どんな女だ」

久蔵は尋ねた。

「は、はい。手拭を被った地味な身形（みなり）の女でして。兄さん、遊ばないかと……」

「で、遊んだのか……」

「いいえ。酒を飲んだ後で巾着（きんちゃく）に二十文しかなくて……」

「遊ばなかったのか……」

「はい。無理だと……」

「して伊佐吉、年増はどうした」

「何だかほっとした顔をして、堀江町の方に小走りに行ってしまいました」

「堀江町の方にな……」

「はい。あの年増、きっと金に困って身を売ろうとした素人女だと思います」

伊佐吉は読んだ。

「うむ。ならば伊佐吉、その年増が亥の刻四つにお前が親父橋にいたのを証明してくれるって云うのだな」

「はい。一昨日の夜の亥の刻四つ、あっしが親父橋にいたのは、その年増が証明してくれます。旦那、どうか、どうか、その年増を捜して下さい。見付けて下さい。お願いします」

伊佐吉は、土間に両手を突いて頭を深々と下げた。

「うむ。和馬……」

久蔵は、和馬に目配せした。

「はい。勇次……」

和馬は、勇次に引き立てろと目配せした。

「はい。さあ、伊佐吉……」

勇次は、伊佐吉を促して小者と一緒に引き立てて行った。

「亥の刻四つ。親父橋で金に困って身を売ろうとした年増ですか……」

　幸吉は眉をひそめた。

「うむ。その年増が見付かり、伊佐吉が云った通りだとしたら、上野北大門町の呉服屋井筒屋に押込んだ盗っ人は、伊佐吉じゃあないか……」

「ええ。そうなりますね……」

　和馬と幸吉は頷いた。

「よし。急ぎその年増を捜してみな……」

　久蔵は指示した。

「はい……」

　和馬と幸吉は頷いた。

「それから、そいつが本当だったら、隙間風の伊佐吉の忍び込みの手口を真似て押込みを働いた盗っ人がいるって事だ」

「ええ……」

「その辺も探ってみるんだな……」

　久蔵は命じた。

金に困って身を売ろうとした年増と、伊佐吉の押込みの手口を真似た盗っ人……。

和馬は、勇次、由松、新八と伊佐吉の押込みの手口を真似た盗っ人を追い、幸吉は、雲海坊や清吉と親父橋の袂に佇んでいた年増を捜す事にした。


東堀留川の流れは鈍色に輝いていた。

親父橋は、照降町と葭町の間に流れる東堀留川に架かっている。

幸吉、雲海坊、清吉は、親父橋の西詰の袂に佇み、照降町を眺めた。

「伊佐吉は、日本橋は青物町の居酒屋で鼠鳴きの利助って盗っ人と酒を飲み、人形町の通り、新和泉町の長屋に帰る途中、此処で手拭を被った年増に遊ばないかと声を掛けられた。で、伊佐吉は金がないからと断ると、年増は堀江町の方に小走りに立ち去った……」

幸吉は、東堀留川沿いの道と連なる堀江町の町々を眺めた。

「年増は堀江町の何処かに住んでいますか……」

清吉は読んだ。

「そして、もし金に困って身を売ろうとしていたのなら、それなりの訳のある年増って処ですか……」

雲海坊は、饅頭笠をあげて堀江町を眺めた。

「それなりの訳ですか……」

清吉は眉をひそめた。

「ああ。家族の誰かが病で薬代が入り用だったとか、借金の返済に困っていたとかな……」

雲海坊は告げた。

「そうか。そうですね……」

清吉は合点した。

「よし。じゃあ雲海坊、清吉、呉々もその辺に気を配って年増を捜してみよう」

「承知……」

雲海坊と清吉は頷いた。

三

日本橋青物町の居酒屋『升屋』は、開店の仕度を始めていた。

和馬と勇次は、居酒屋『升屋』の亭主の喜多八を楓川の堀端に呼び出した。

「で、旦那、御用ってのは何ですかい……」

喜多八は、戸惑いを浮かべた。

「亭主、店の客に伊佐吉と利助って奴らがいる筈なんだが、知っているか……」

和馬は尋ねた。

「えっ。伊佐吉に利助ですか……」

喜多八は訊き返した。

「ああ。知っているか……」

「いいえ。伊之吉と利吉って奴らならおりますけど……」

喜多八は首を捻った。

「和馬の旦那……」

勇次は眉をひそめた。

伊佐吉は、長屋では伊之吉と偽名を使っていた。鼠鳴きの利助が、利吉と名乗っていても不思議はない。

「ああ。どうやら、その伊之吉と利吉だな」

「はい……」

勇次は頷いた。

「で、その伊之吉と利吉だが、一昨日の夜も来ていたのかな」

和馬は、喜多八に尋ねた。

「一昨日の夜ですか……」

「うん……」

「確か来ていたと思いますよ」

「そうか。で、何刻まで店にいたのだ」

「よく覚えちゃあいませんが、亥の刻四つぐらい迄ですか……」

「亥の刻四つか……」

和馬は眉をひそめた。

「伊佐吉の話とざっと合いますね」

「うん。で、亭主、利吉が何処に住んでいるか知っているか……」

「さあ、神田の三河町の方だと聞いた事がありますけど、本当かどうか……」

喜多八は苦笑した。

「そうか。して、利吉が升屋に来るのは伊之吉とだけかな……」

「いえ。利吉、いつもは伊之吉より金次(きんじ)って野郎と来ていますぜ」

「金次ねえ……」

「旦那、今夜から升屋をちょいと見張らせて貰いますか……」

「うむ……」

和馬は頷いた。


柳森稲荷は、神田川沿い柳原通りにある。

参詣人の行き交う鳥居の外には、古着屋や古道具屋などが並び、奥には葦簀掛けの屋台の飲み屋があった。


葦簀掛けの飲み屋では、仕事に溢れた人足や浪人、得体の知れぬ者たちが昼前から酒を飲んでいた。

由松と新八は、葦簀掛けの飲み屋に入った。

髭面の親父は、由松と新八を無愛想に一瞥した。

「親父、酒を二つだ」

「ああ。一杯十五文、二杯で三十文だ……」

髭面の親父は、湯呑茶碗に安酒を注いで由松と新八に差し出した。

由松は、髭面の親父に三十文以上の金を握らせた。

「釣りは良いぜ……」

髭面の親父は苦笑した。

由松と新八は茶碗酒を飲んだ。

辛うじて酒の味のする不味い酒だった。

「親父、毎日顔を出していた奴で昨日今日と来ていない奴はいるかな……」

由松は尋ねた。

「毎日来ていたのに、昨日今日と来ていない奴か……」

「ああ。いないかな、そんな奴……」

「いるぜ……」

「いるか……」

「ああ……」

「誰だ」

「銀次ってこそ泥だぜ」

「銀次……」

由松は眉をひそめた。

「ああ……」

「何処にいる……」

「神田川の向こうの佐久間町だと聞いているが、それ以上は知らねえ」

「そうか。邪魔したな……」

由松は、新八を促して葦簀掛けの飲み屋を出た。


「由松さん、どうして昨日今日、来ていない奴なんですか……」

新八は、戸惑いを浮かべて訊いた。

「新八、一昨日の夜、大枚百両を手に入れた野郎が、わざわざこんな場末の不味い酒を飲みに来ると思うか……」

由松は苦笑した。

「成る程、それもそうですね」

新八は笑った。

「よし。じゃあ、こそ泥の銀次がどんな野郎か、佐久間町に面を拝みに行くぜ」

由松と新八は、こそ泥の銀次が住んでいる筈の神田佐久間町に向かった。

親父橋の西詰の袂に雲海坊が佇み、経を読んで托鉢を始めた。

地味な身形の年増……。

雲海坊は、行き交う人に地味な身形の年増を捜した。

堀江町は一丁目から四丁目迄あり、親父橋の北側に一丁目から三丁目があり、南側に四丁目があった。

手拭を被った年増は、北側の道を小走りに駆け去っている。

年増は、堀江町一丁目から三丁目の何処かに住んでいる……。

幸吉と清吉は、顔見知りの堀江町の老木戸番を訪ねた。

「こりゃあ、柳橋の親分さん……」

老木戸番は、幸吉と清吉を迎えた。

「やあ。暫くです。変わりはありませんか……」

「ええ。お陰さまで、今、茶を淹れますよ」

「そいつは、造作を掛けますね」

幸吉と清吉は、木戸番屋の店先にある縁台に腰掛けた。

「お待たせしました。どうぞ……」

老木戸番は、幸吉と清吉に茶を淹れて来た。

「戴きますよ」

幸吉と清吉は茶を飲んだ。

「処で親分、今日は御役目ですかい」

「ええ。此の界隈に住んでいる年増で金に困っている人を捜していましてね」

「親分さん、金に困っている年増は大勢いますよ」

老木戸番は、淋しげな笑みを浮かべた。

「でしょうねえ。その中でも急に金が入り用になった年増なんですがね」

「急に金が入り用になった年増……」

老木戸番は白髪眉をひそめた。

「何か心当たりでも……」

「え、ええ。此の先の長屋に普請場の屋根から落ちて大怪我をした大工の亭主と小さな子を抱えたおかみさんがいましてね。亭主の薬代に困っているとか……」

「そいつは大変だ……」

「ええ。気の毒な話ですよ……」

老木戸番は、同情を露わにした。

「親分……」

清吉は眉をひそめた。

「うむ。で、大工のおかみさんの名前と長屋は……」

幸吉は、老木戸番に尋ねた。

堀端長屋は堀江町一丁目の外れ、東堀留川に架かっている和国橋の近くにあった。

幸吉と清吉は、大工一家の住んでいる堀端長屋を見張った。

普請場の屋根から落ちて大怪我をした大工は佐七、女房はおくみ、四歳になる女の子はおはな。

幸吉と清吉は見張った。

佐七の家から前掛をしたおかみさんと、幼い女の子が出て来て井戸端で米を研ぎ始めた。

「親分、佐七の女房のおくみと子供のおはなですね」

清吉は、米を研ぐおくみを見詰めた。

「うん。よし、清吉はおくみを見張ってくれ。俺は急に金が入り用になった他の年増を捜す」

「承知……」

「清吉、おくみが親父橋で客を引こうとした年増と決まった訳じゃあない。それを忘れずにな……」

幸吉は、清吉が先走った真似をしておくみに迷惑を掛けるのを恐れた。

「はい……」

清吉は頷いた。

「じゃあな……」

幸吉は立ち去った。

清吉は、木戸の陰から米を研ぐおくみと傍で遊ぶおはなを見守った。

米を研ぐおくみの後れ毛は、不安げに揺れていた。


由松と新八は、神田佐久間町にこそ泥の銀次を捜した。だが、こそ泥の銀次は、見付からなかった。

由松と新八は、近くの神田明神や湯島天神の盛り場に行き、こそ泥の銀次と銀次を知っている者を捜し続けた。

陽は西に大きく傾いた。

日本橋青物町の居酒屋『升屋』は、既に客が訪れていた。

和馬は黒紋付羽織を脱ぎ、勇次と共に戸口の傍で酒を飲みながら利吉が来るのを待った。

勇次は、遊び人と思われる客が来る度に帳場にいる亭主の喜多八を窺った。

利吉じゃあない……。

喜多八は、首を横に振り続けた。

利吉は訪れず、西に傾いた陽は赤くなり始めた。


東堀留川の流れに月影が映えた。

和国橋近くの堀端長屋の家々には明かりが灯り、子供の楽しげな笑い声が洩れていた。

清吉は、木戸の陰から大工の佐七の家を見張っていた。

佐七の家の明かりは、心持ち暗く見えた。

清吉は、緊張して見張りを続けていた。

「清吉……」

雲海坊がやって来た。

「雲海坊さん……」

清吉は、思わず安堵の笑みを浮かべた。

「話は親分に聞いたよ。あの奥の家か……」

雲海坊は、奥の佐七の家を示した。

「はい……」

清吉は頷いた。

雲海坊は、奥の佐七の家を眺めた。

小さな明かりが不安げに瞬いた。

もし、佐七の女房のおくみが親父橋で伊佐吉に声を掛けた年増だとしたら、動くのはおそらく亥の刻四つ近くだ。

未だ刻はある……。

雲海坊は読んだ。

「よし。俺が見張る。清吉は腹拵えをして来な……」

雲海坊は勧めた。

「はい。じゃあ……」

清吉は嬉しげに頷き、和国橋を渡った処にある一膳飯屋に走った。

雲海坊は、佐七の家の見張りに付いた。

夜は更け、東堀留川の流れの音だけが微かに響いた。

神田明神と湯島天神の門前町の盛り場は、酔客の哄笑と酌婦の嬌声が溢れていた。

由松と新八は、こそ泥の銀次を捜し歩いた。だが、こそ泥の銀次は勿論、知っている者を見付ける事も出来なかった。


青物町の居酒屋『升屋』は賑わった。

和馬と勇次は、戸口に座って訪れる客を見守った。

帳場にいる亭主の喜多八は、訪れる客を見て頷く事はなかった。

「利吉の野郎、今夜は来ないのかもしれませんね」

勇次は焦れた。

「焦れるな、勇次……」

和馬は苦笑し、勇次に酒を注いだ。

「こいつは旦那、畏れ入ります」

勇次は恐縮した。

居酒屋『升屋』の賑わいは続いた。


堀端長屋の家々の明かりは消えた。

雲海坊と清吉は見張った。

刻は過ぎ、夜は音もなく更けていく。

「おくみ、出掛けますかね……」

清吉は眉をひそめた。

「さあな。清吉は出掛けると思うか……」

雲海坊は、小さな笑みを浮かべた。

「分かりません。分かりませんが……」

清吉は、言葉を濁した。

「どうした、清吉……」

雲海坊は戸惑った。

「雲海坊さん、出掛けて親父橋の袂に立ってくれれば事は簡単です。ですが俺、本当は出掛けて貰いたくないんです」

清吉は、怒ったように告げた。

「清吉……」

雲海坊は眉をひそめた。

「俺の家、親父が身体が弱くて貧乏でしてね。お袋、子供の俺たちを寝かせて、厚化粧をして毎晩出掛けて……。病の親父と俺たち子供を食わせる為に……」

清吉は、昔を思い出したのか声を湿らせた。

「そうか……」

雲海坊は、清吉の昔を知った。

「だから俺、正直云っておくみに出掛けて貰いたくないんです」

清吉は、湿った声を腹立たしげに震わせた。

「清吉、辛くて嫌な想いをしたのは、お前以上にお袋さんと親父さんだ……」

「雲海坊さん……」

「お袋さんは、貧乏から親父さんや子供たち家族を護ろうとしたんだ。口減らしに寺に放り込む母親よりありがたいよ」

雲海坊は、淋しげに笑った。

「雲海坊さん……」

清吉は、雲海坊の昔の欠片を知った。

「清吉、人は誰しもいろいろあるさ。今の俺たちに出来る事は、辛く哀しい想いをする人を出来るだけ少なくするだけだ」

雲海坊は、清吉を諭した。

「はい……」

清吉は頷き、月明かりに照らされた堀端長屋を眺めた。

佐七の家の腰高障子が僅かに開いた。

「雲海坊さん……」

清吉は緊張した。

「うん……」

雲海坊は、佐七の家を見据えた。

おくみが、僅かに開いた腰高障子から出て来た。

「おくみか……」

「はい……」

清吉は頷いた。

おくみは、腰高障子を静かに閉めて忍び足で堀端長屋から出て行った。

雲海坊と清吉は追った。


東堀留川は静かに流れていた。

おくみは手拭を被り、東堀留川沿いの道を足早に親父橋に向かった。

雲海坊と清吉は尾行た。

おくみの被った手拭は、足早に行く微風に僅かに翻った。


親父橋は薄暗く、行き交う者はいなかった。

おくみは、親父橋の袂の暗がりに入った。

雲海坊と清吉は、物陰から見守った。

おくみは被った手拭を直し、息を整えながら佇んだ。

「雲海坊さん……」

清吉は、哀しげに雲海坊を見た。

「うん。客を引く気だ……」

雲海坊は読んだ。

「はい……」

清吉は、吐息混じりに頷いた。

おくみは、親父橋の袂に佇んだ。

地味な身形をした年増……。

雲海坊は、おくみが親父橋の袂に佇んで伊佐吉に声を掛けた年増だと睨んだ。

「どうやら、伊佐吉の云った通りだな」

幸吉が背後に現われた。

「親分……」

「御苦労だったな清吉……」

「いいえ……」

「他に佇む年増はいませんでしたか……」

雲海坊は尋ねた。

「ああ。いなかったよ……」

幸吉は、日が暮れてから親父橋の袂に佇む年増がいるかどうか見張っていた。

「そうですか……」

雲海坊は眉をひそめた。

「うむ。決まりだな」

幸吉は頷いた。

僅かな刻が過ぎ、亥の刻四つの鐘の音が遠くから響き始めた。

四

亥の刻四つの鐘の音は鳴り続けた。

おくみは手拭を被り、地味な身形で親父橋の袂に佇み続けた。

幸吉は、通行人を装って親父橋に向かった。

「あっ、もし旦那……」

おくみは、幸吉に声を掛けた。

「私かな……」

幸吉は立ち止まった。

「ええ。良かったら遊びませんか……」

おくみは、緊張に声を掠れさせた。

「そいつは良いが、その前に一つ訊きたい事があるんだがね」

幸吉は笑い掛けた。

おくみは、慌てて親父橋の袂から離れようとした。

雲海坊が行く手を阻み、清吉が背後を塞いだ。

おくみは狼狽え、思わず立ち竦んだ。

亥の刻四つの鐘の音は、鳴り終わった。

「堀端長屋のおくみさんだね……」

幸吉は、穏やかに尋ねた。

おくみは、怯えを浮かべて幸吉を見詰めた。

「あっしは、柳橋の幸吉って者でね……」

幸吉は、懐の十手を見せた。

おくみは、恐怖に震えた。

「おくみさん、一昨日の夜の亥の刻四つ。此処で若い男に声を掛けなかったかな……」

「知りません。私は何も知りません……」

おくみは、首を激しく横に振って否定した。

被っていた手拭が揺れて落ちた。

清吉は拾った。

「実はね、おくみさん、今若い盗っ人が人殺しの疑いが掛けられていてね。そいつが云うには、人殺しがあった一昨日の夜の亥の刻四つには、親父橋の袂で女に遊ばないかと声を掛けられたと云うんだ」

「知りません。私は本当に知りません」

おくみは俯き、懸命に否定し続けた。

「おくみさん、もし、そいつが本当なら若い盗っ人は人殺しが出来ない。だが、そいつが証明出来なければ、若い盗っ人は人殺しとして死罪になるかもしれないんだ」

幸吉は説明した。

「死罪……」

おくみは、恐怖に喉を引き攣らせた。

「うん。どうだい、おくみさん、盗っ人でも人は人だ。やっていない人殺しで死罪になるのは、哀れだと思って助けてやっちゃあくれないか……」

「親分さん……」

おくみは、今にも泣き出しそうな顔で幸吉を見詰めた。

「おくみさん、お前さんの事は、決して表には出さない。決して悪いようにはしないと約束する。知っている事を教えて貰えないかな。此の通りだ……」

幸吉は、おくみに深々と頭を下げた。

「逢いました……」

おくみは俯いた。

「おくみさん……」

「一昨日の夜、此の親父橋の袂で、遊ばないかと声を掛けたら、二十文しかないから無理だと……」

おくみは、俯いたまま告げた。

二十文しかないので無理だと……。

幸吉は、大番屋での伊佐吉の言葉を思い出した。

間違いない……。

おくみは、親父橋の袂で伊佐吉に遊ばないかと声を掛けた年増に間違いないのだ。

幸吉は見定めた。

隙間風の伊佐吉は、盗っ人が上野北大門町の呉服屋『井筒屋』に押込み、百両

いた。

の手許金を奪って主の伝兵衛を殺した一昨日の夜の亥の刻四つには親父橋の袂に

「おくみさん、今の話に間違いないね」

幸吉は念を押した。

「はい……」

おくみは頷き、項垂れた。

「いや。良く分かった。此で盗っ人が人殺しをしちゃあいないとはっきりしたし、俺たちも間違いを犯さずに済んで大助かりだ。こいつは付き合ってくれた心ばかりの御礼だ。取って置いてくれ」

幸吉は、おくみに紙に包んだ一両小判を握らせた。

「お、親分さん……」

おくみは、戸惑いを浮かべた。

「おくみさん、もう馬鹿な事を考えちゃあならない。困った事があったら柳橋の笹舟って船宿に訪ねて来るんだ。出来るだけ力になるよ」

「親分さん、ありがとうございます」

おくみは、小判の紙包みを握り締めて涙を溢した。

「さあ、早く佐七とおはなちゃんの処に帰るんだよ」

幸吉は勧めた。

「はい……」

おくみは頷いた。

「清吉、送ってやりな……」

幸吉は命じた。

「はい……」

清吉は、おくみに手拭を差し出した。

おくみは、頭を下げて受け取った。

「さあ……」

清吉は、おくみを促した。

おくみは、幸吉と雲海坊に深々と頭を下げ、清吉と共に東堀留川沿いの道を堀江町一丁目に向かった。

幸吉と雲海坊は見送った。

「良かったな……」

雲海坊は微笑んだ。

「ああ……」

「幸吉っつぁん、お前も柳橋の二代目らしくなったな」

「そうか。同じ釜の飯を食って来た雲海坊に誉められるとは、嬉しいな……」

幸吉は喜んだ。

「ああ。此処だけの、二人だけの話だ」

雲海坊は笑った。

「ま、此で上野北大門町の呉服屋井筒屋の押込みが、隙間風の伊佐吉の仕業じゃあないのがはっきりしたな」

幸吉は、厳しさを過ぎらせた。

「明日から、和馬の旦那や由松たちと伊佐吉の押込みの手口を真似た奴を捜すか……」

「ああ……」

幸吉は頷いた。

東堀留川は何事もなかったかのように流れ、静けさに覆われた親父橋には桜の花片が舞い散った。

桜の花は、いつの間にか八分咲きになっていた。

幸吉は、久蔵と和馬に親父橋で伊佐吉に声を掛けた年増を突き止めた事を告げた。

「そうか、やはり隙間風の伊佐吉の話は本当だったか……」

久蔵は笑った。

「はい……」

幸吉は頷いた。

「で、柳橋の。その年増、どんな女だ……」

和馬は訊いた。

「そいつが、大工の亭主が普請場の屋根から落ちて大怪我をしましてね。幼い娘を抱えて金に困り、親父橋の袂に立ったそうです」

幸吉は告げた。

「そうか。で、その年増、亥の刻四つに親父橋で伊佐吉と逢ったのを認めたのだな」

和馬は念を押した。

「はい。間違いありません」

幸吉は頷いた。

「秋山さま……」

和馬は、久蔵を窺った。

「うむ。して柳橋の、その年増はどうした」

久蔵は尋ねた。

「はい。伊佐吉が亥の刻四つに親父橋にいたと証明すれば御役御免ですので……」

「口書も取らず、帰したか……」

久蔵は読んだ。

「は、はい……」

幸吉は、微かな緊張を覚えた。

「よし。それで良い……」

久蔵は微笑んだ。

「はい……」

幸吉は安堵した。

「ならば和馬。此で呉服屋井筒屋に押込んだ盗っ人は、隙間風の伊佐吉じゃあない事がはっきりした。伊佐吉の押込みの手口を真似た盗っ人の割出しを急ぎ、一刻も早くお縄にするんだぜ」

久蔵は命じた。

「心得ました」

「うむ。それから柳橋の、此から伊佐吉の詮議に行く。一緒に来な」

「はい……」

幸吉は頷いた。


和馬、勇次、清吉は、利吉こと盗っ人の鼠鳴きの利助を捜し続けた。

由松と新八は、雲海坊とこそ泥の銀次を追い続けた。


幸吉は、隙間風の伊佐吉を詮議場の筵の上に引き据えた。

久蔵は、座敷の框に腰掛けていた。

「やあ。伊佐吉……」

「はい……」

伊佐吉は、緊張に喉を鳴らした。

「盗っ人が上野北大門町の呉服屋井筒屋に押込んだ刻限に、お前が親父橋にいたのは良く分かったぜ」

久蔵は笑い掛けた。

「お、お役人さま……」

伊佐吉は、喜びを露わにした。

「柳橋の……」

久蔵は、幸吉を促した。

「はい。伊佐吉、親父橋で逢った年増は、自分が金に困って客を取ろうとした恥を晒して、お前に声を掛けたのを認めてくれた。見ず知らずの盗っ人が、やってもいない人殺しにされるのを気の毒に思ってな……」

「はい……」

伊佐吉は項垂れた。

「伊佐吉、そいつがありがたいと思うのなら、お前の押込みの手口を真似た盗っ人が何処の誰か良く考えてみろ……」

久蔵は、伊佐吉を厳しく見据えた。

「は、はい……」

「例えばお前に遺恨を抱いて陥れようとしている奴か、お前を邪魔だと思っている奴かもしれない……」

　久蔵は苦笑した。

「お役人さま、呉服屋の井筒屋さんに押込んだ盗っ人。ひょっとしたらあの夜、あっしと酒を飲んでいた鼠鳴きの利助と連んでいるこそ泥の銀次かもしれません」

　伊佐吉は告げた。

「こそ泥の銀次……」

　久蔵は、厳しさを浮かべた。

「はい。普段は金次と名乗っている奴ですが、あっしとは昔から気が合わなくて、何かと楯突く野郎です」

「こそ泥の銀次か……」

　幸吉は眉をひそめた。

「はい……」

「知っているのか柳橋の……」

「はい。井筒屋の押込みの後、馴染の場末の飲み屋に現われなくなった野郎でしてね。今、由松と新八、雲海坊が捜しています」

幸吉は告げた。

「成る程。柳橋の。どうやらその辺かもしれないな……」

久蔵は、冷たい笑みを浮かべた。

「はい。で、伊佐吉、そのこそ泥の銀次、塒は何処だ……」

「あっしは知りませんが、利助が知っていると思います」

「利助の塒、神田八ツ小路の近くだったな……」

「はい……」

「塒の手掛かりになるような事は聞いていないかな……」

「さあ、実家は小さな煙草屋だと云っていましたが……」

伊佐吉は首を捻った。

「小さな煙草屋な。柳橋の、和馬たちに知らせろ」

久蔵は命じた。

神田連雀町は、神田八ツ小路の傍にある。

幸吉は和馬、勇次、清吉に報せ、連雀町の裏通りにある潰れた煙草屋を洗い出した。

潰れた煙草屋は利助の死んだ母親が営んでいた店であり、今では利助が一人で暮らしていた。

和馬、幸吉、勇次、清吉は、潰れた煙草屋を見張った。

「おう。此処か……」

久蔵は、連雀町の木戸番に誘われて来た。

「秋山さま……」

和馬と幸吉は迎えた。

「して、鼠鳴きの利助は……」

「中にいます」

和馬は、潰れた煙草屋を示した。

「よし、ならば踏み込め……」

久蔵は命じた。

「はい。よし、勇次と清吉は裏に廻れ。俺と柳橋は表から踏み込む」

和馬は、素早く手配りをした。

「承知……」

勇次と清吉は、煙草屋の裏手に走った。

「では秋山さま……」

「うむ……」

久蔵は頷いた。

「行くぜ、柳橋の……」

和馬と幸吉は、潰れた煙草屋の腰高障子を蹴破った。


腰高障子の壊れる音が響き、和馬と幸吉が踏み込んで来た。

薄暗い部屋に蒲団が飛び、男が跳ね起きた。

「お前が盗っ人の鼠鳴きの利助だな……」

和馬は、跳ね起きた男を鼠鳴きの利助だと見定めた。

「煩せえ……」

利助は、身を翻して裏手に逃げようとした。

勇次と清吉が裏手から現われ、行く手を塞いだ。

利助は、部屋の隅に置いてあった長脇差を取って抜いた。

一瞬早く、和馬が飛び込んで十手を唸らせた。

利助は、腕を鋭く打ち据えられて長脇差を落して蹲った。

和馬は、容赦なく蹴り飛ばした。

利助は飛ばされ、壁に叩き付けられた。

壁が崩れ、家が激しく揺れた。

勇次と清吉が、倒れ込んだ利助を押さえ付けて素早く縄を打ち、和馬の前に引き据えた。

「利助、面倒掛けるんじゃあねえ」

和馬は、引き据えられた利助を平手打ちにした。

利助は、口元から血を流して不貞腐(ふてくさ)れた。

「利助、俺たちは暴れるお前を煮たり焼いたり好きに出来るんだぜ」

和馬は冷たく嗤(わら)った。

利助は、恐怖を滲ませた。

「利助、お前が呉服屋井筒屋に押込み、金を奪って主の伝兵衛を殺したんだな」

和馬は決め付けた。

「ち、違う。井筒屋に押込んだのは、隙間風の伊佐吉って……」

利助は、伊佐吉の名前を出した。

「黙れ。伊佐吉は井筒屋押込みの刻限に親父橋にいた。そいつは証明されているんだ」

「えっ……」

　利助は狼狽えた。

「鼠鳴きの利助、手前、伊佐吉を陥れようと企み、井筒屋に押込み、金を奪って主の伝兵衛を殺した。磔獄門にしても飽き足らねえ外道だな……」

　和馬は責め立てた。

「違う。俺じゃあねえ。銀次だ。銀次がやったんだ。銀次だ」

　利助は、銀次の名を出した。

「銀次だと……」

「ああ。伊佐吉を嫌っているこそ泥の銀次だ。本当だ。銀次がやったんだ」

　利助は、必死に訴えた。

　所詮は悪党だ。自分が助かる為には、形振り構わず他人を売り飛ばす。

「だったら、その銀次は何処にいる。銀次が認めない限り、お前が押込み、金を奪って伝兵衛を殺したって事だ」

　和馬は嗤った。

「情婦の処だ……」

「情婦……」

「ああ。銀次は佐久間町で三味線を教えている芸者あがりのおまちって情婦の処にいる」

「利助、嘘偽りはないな……」

和馬は、嘲りを浮かべて念を押した。

「はい……」

利助は項垂れた。

「じゃあ……」

幸吉は、和馬に頷いて見せた。

「うん。俺は利助を大番屋に叩き込む」

「承知……」

幸吉は、潰れた煙草屋から出て行った。

神田佐久間町に住んでいる三味線の師匠のおまち……。

「銀次はそこにいるんだな」

久蔵は訊き返した。

「はい。あっしは由松たちを連れて行きます」

幸吉は、久蔵に告げた。

「よし。俺は先に佐久間町に行って自身番で待っているぜ」

「承知。じゃあ……」

幸吉は、神田明神門前町の木戸番屋に急いだ。

柳橋の者たちは、先代の弥平次の時から立ち廻り先の自身番や木戸番に出来るだけ顔を出し、行き先を辿れるようにしている。

幸吉は、こそ泥の銀次を捜している雲海坊、由松、新八を追った。


桜は満開になり、神田川には桜の花片が流れ始めた。

佐久間町の三味線の師匠おまちの家は、神田川沿いにあった。

久蔵は、佐久間町の自身番で出された茶を飲みながら幸吉、雲海坊、由松、新八が来るのを待った。

一刻程が過ぎ、幸吉が雲海坊、由松、新八を連れて来た。

「お待たせしました」

「おう。御苦労だな、みんな……」

久蔵は労った。

「いいえ……」

「佐久間町は佐久間町でも、情婦の処だったとはな……」

佐久間町に銀次の家を探した由松は、新八に笑い掛けた。

「ええ……」

新八は、腹立たしげに頷いた。

「それで秋山さま、おまちの家は……」

幸吉は尋ねた。

「裏通りにある板塀を廻した家だ。木戸に三味線教えますって看板が掛かっている」

「新八……」

由松は、新八を促して走った。

「じゃあ秋山さま……」

「うむ……」

久蔵は、幸吉や雲海坊と由松たちに続いた。

板塀を廻した家からは、三味線の音が聞こえていた。

雲海坊は木戸の前に佇み、大声で経を読み始めた。

経を読む声は、三味線の音を消す程の煩さだった。

雲海坊は、大声で経を読み続けた。

飯炊きの婆さんが木戸から現われ、雲海坊の頭陀袋に文銭を入れた。

雲海坊は頭を下げた。

「さあ、さっさと行っておくれ」

婆さんは、雲海坊に立ち去るように促した。

雲海坊は、構わず大声で経を読んだ。

「煩いと云ってんだぜ」

派手な半纏を着た男が木戸から現われ、雲海坊に凄んだ。

「お前がこそ泥の銀次か……」

雲海坊は、饅頭笠をあげて嘲笑した。

「何だと……」

銀次は、雲海坊に摑み掛かろうとした。

雲海坊は、素早く後退した。

「糞坊主……」

銀次は、雲海坊を追って木戸から離れた。

由松と新八が現われ、素早く背後を塞いだ。

「て、手前ら……」

銀次は驚き、凍て付いた。

久蔵が幸吉と共に現われた。

「こそ泥の銀次だな……」

銀次は、雲海坊たちが何者かに気付いて慌てて逃げようとした。

由松が飛び掛かり、銀次を捕まえて激しく殴り飛ばした。

「馬鹿野郎……」

銀次は、激しく地面に叩き付けられた。

土埃が舞い上がった。

新八は、倒れて苦しく呻いている銀次に縄を打った。

「銀次、上野北大門町の呉服屋井筒屋に隙間風の伊佐吉の手口を真似て押込み、手許金の百両を盗んで主の伝兵衛を殺したな」

久蔵は、銀次を厳しく見据えた。

「知らねえ……」

銀次は、顔を歪めて惚けた。

刹那、久蔵は平手打ちを放った。

銀次の頬が鋭く鳴り、横倒しに倒れた。

「銀次、今更惚けても遅いんだぜ」

久蔵は冷徹に告げた。

銀次は、悄然と項垂れた。

久蔵は嗤った。

桜の満開は続き、江戸の桜の名所は花見客で賑わった。

久蔵は、銀次を磔獄門、隙間風の伊佐吉と鼠鳴きの利助を遠島の刑に処し、新島と三宅島に送った。

上野北大門町の呉服屋『井筒屋』の押込みと主の伝兵衛殺しは終った。

久蔵は、柳橋の船宿『笹舟』で向島の隠居の弥平次と久し振りに酒を飲み、幸吉に送られて帰路についた。

柳橋から両国広小路、浜町堀を抜け、人形町の通りから親父橋に差し掛かった。

幸吉は、幼い女の子を連れた買い物帰りの母親を見て思わず足を止めた。

久蔵は、幸吉が買い物帰りの母子連れを見て足を止めたのに気付いた。

買い物帰りの母子連れは手を繋ぎ、楽しそうにお喋りをしながら東堀留川沿いの道を堀江町に向かって行った。

幸吉は見送った。

「おくみか……」

久蔵は、幼い女の子を連れた母親が誰か読んだ。

「はい……」

「良かったな。楽しそうで。ま、時々様子を見てやるんだな……」

久蔵は微笑んだ。

「秋山さま……」

「行くぜ……」

久蔵と幸吉は、親父橋を渡った。

花見時はとっくに過ぎたが、親父橋には散り遅れた一片の桜の花片が舞った。

第四話

俄狂言(にわか)

一

浅草駒形町の扇屋『香風堂』は、駒形堂の向い側にあった。

扇屋『香風堂』は老舗であり、大名家や大身旗本家御用達の金看板を幾枚も掲げていた。

柳橋の幸吉は、その扇屋『香風堂』の老番頭の吉兵衛を伴って南町奉行所の表門を潜った。

南町奉行所吟味方与力秋山久蔵は、柳橋の幸吉と扇屋『香風堂』の老番頭の吉兵衛を用部屋に通した。

「御無礼致します」

幸吉は、緊張した面持ちの吉兵衛と共に久蔵に挨拶をした。

「どうした、柳橋の……」

「はい。こちらは浅草駒形堂前の扇屋香風堂の番頭の吉兵衛さんです」

「扇屋香風堂の吉兵衛にございます」

吉兵衛は、久蔵に深々と頭を下げた。

「吟味与力の秋山久蔵だが、どうした……」

久蔵は、穏やかに笑い掛けた。

「はい。実は昨日、店を閉める時、土間に此の結び文があるのに気が付きまして……」

吉兵衛は、結んだ折り目の付いた手紙を取り出した。

「見せて貰うよ」

久蔵は、手紙を手に取って読んだ。

手紙には、『若旦那の京助(きょうすけ)は預かった。無事に返して欲しければ、二百両を用意しろ』と書かれていた。

「拐(かどわ)かしか……」

久蔵は眉をひそめた。

「どうやら、そのようでして……」

幸吉は、厳しい面持ちで頷いた。

「秋山さま、お願いにございます。どうか若旦那さまを、京助さまをお助け下さい」

吉兵衛は、嗄れ声を震わせて頭を下げた。

「吉兵衛、拐かされた若旦那の京助は何歳だ」

久蔵は尋ねた。

「十七歳にございます」

「十七歳……」

「左様にございます」

「して、帰って来ないのか……」

「はい。それで主の宗右衛門も結び文に書かれている通り、若旦那さまが拐かされたと……」

「で、柳橋に報せたか……」

「はい。左様にございます」

「ならば尋ねるが、若旦那の京助はどのような人柄なのだ」

「は、はい。京助さまは子供の頃からの元気者でして……」

吉兵衛は、云い難そうに言葉を濁した。

久蔵は、幸吉に目顔で尋ねた。

幸吉は、小さく頷いた。

「遊び人なのか……」

久蔵は苦笑した。

「えっ。はい……」

吉兵衛は、驚きながらも覚悟を決めたように頷いた。

「吉兵衛、京助が遊び人なら二、三日、家に帰って来なくても不思議はあるまい」

「はい。仰る通りにございますが、帰って来なくて、もう六日になりまして……」

吉兵衛は、顔の皺を深くして心配した。

「六日……」

久蔵は、厳しさを過ぎらせた。

「はい。いつもは二、三日で帰って来るのですが。それで、どうしたのかと心配をしていたら、結び文が……」

「吉兵衛、京助の父親、香風堂の主の宗右衛門はどう云っているのだ」

「それはもう心配しております」

「そうか。して吉兵衛、京助の遊び仲間には、どんな奴がいるのだ……」

「は、はい。手前の知っている限りでは、浅草広小路は東仲町の呉服屋越前屋の若旦那の正吉さんと仲良くしております」

「東仲町の呉服屋越前屋の正吉か……」

京助と同じ穴の狢……。

久蔵は、正吉も京助同様の遊び人だと睨んだ。

「はい……」

「よし。良く分かった。吉兵衛、お前は香風堂に戻り、商いを始めとした何もかもをいつも通りにしているのだな」

久蔵は、老番頭の吉兵衛に命じ、『香風堂』に帰した。

吉兵衛は、久蔵に何度も頭を下げて帰って行った。

「さあて、どうするかな、柳橋の……」

「はい。拐かされた香風堂の京助と越前屋の正吉は、浅草界隈の遊び人たちの間では、かなり名の知れた若旦那たちでして、金蔓にしようって魂胆の奴は大勢いるでしょうね」

幸吉は、以前から京助や正吉の悪い噂を聞いていた。

「そうか。ならば香風堂を見張り、京助の足取りを追い、遊び仲間に拐かしを働きそうな奴を捜すんだな」

「承知しました」

「うむ。それにしても、いつもは二、三日で帰ってくるとはな。十七歳の小僧が呆れたものだ。親が大甘なら、子も甘やかされ慣れをしているか……」

久蔵は苦笑した。


浅草駒形町の扇屋『香風堂』には、町方の客を始め大名家の納戸方と思われる武士などが訪れていた。

幸吉は、扇屋『香風堂』の前に拐かしの一味と思われる者を捜した。

店の前に不審な者はいない……。

幸吉は見定めた。

雲海坊と清吉が、扇屋『香風堂』の裏からやって来た。

「どうだ……」

「今の処、裏に妙な野郎はおりませんぜ」

雲海坊は告げた。

「そうか。じゃあ雲海坊と清吉は、引き続き香風堂を見張り、店の様子を窺う者や結び文を投げ込む奴を見張ってくれ」

結び文は一度しか投げ込まれておらず、身代金の受け渡しを指示する物は此からなのだ。

「承知……」

雲海坊と清吉は頷いた。

幸吉は、雲海坊と清吉を残して浅草広小路に急いだ。

浅草広小路は、金龍山浅草寺(きんりゅうざんせんそうじ)の参拝客や遊びに来た者で賑わっていた。

幸吉は、浅草広小路に面した東仲町の呉服屋『越前屋』を窺った。

客で賑わう呉服屋『越前屋』は、拐かされた京助の遊び仲間の若旦那正吉の家だ。

正吉は、京助の取り巻きにどのような者がいるのか知っている筈だ。

幸吉は、正吉にそれを訊きに来たのだ。

「親分……」

勇次が、駆け寄って来た。

「おう。若旦那の正吉、どんな奴だった」

「近所の連中にそれとなく訊いたんですがね。そりゃあもう、十七歳の餓鬼とは思えない絵に描いたような遊び人の若旦那でしたよ」

勇次は苦笑した。

「そうだろうな。で、その若旦那の正吉、いるのか……」

幸吉は、呉服屋『越前屋』を示した。

「ええ。そろそろ出掛けるんじゃあないですかね……」

勇次は、西に傾いた陽を眩しげに眺めた。

「その前に香風堂の京助を拐かした奴に心当たりがないか、訊いてみるか……」

「親分……」

勇次が、呉服屋『越前屋』を窺っている派手な半纏を着た男を示した。

「正吉の取り巻きの遊び人かな」

幸吉は読んだ。

「ええ……」

「よし。ちょいと様子をみるか……」

幸吉は決めた。

派手な半纏を着た遊び人は、呉服屋『越前屋』の横手の路地に近付いた。

浅草寺の鐘が申の刻七つ(午後四時)を告げた。

羽織を着た若い男が、呉服屋『越前屋』の横手の路地から出て来た。

遊び人は、笑顔で迎えた。

「あの若いのが若旦那の正吉だな……」

幸吉は睨んだ。

「きっと……」

勇次は頷いた。

正吉と遊び人は、浅草広小路の雑踏を西に進んだ。

浅草広小路の西には東本願寺があり、下谷広小路や東叡山寛永寺などがある。

「下谷に行くんですかね」

勇次は読んだ。

「さあて、何処に行くのか……」

幸吉と勇次は追った。

由松と新八は、拐かされた扇屋『香風堂』の若旦那の京助の足取りを追っていた。

京助は、取り巻きと酒を飲んだ後、賭場に行くか女遊びに行く……。

由松と新八は、浅草の地廻りから京助の遊び方を訊いた。

「で、京助の馴染の店ってのはあるのか……」

新八は、地廻りに尋ねた。

「ええ。花川戸にある初音って小料理屋に良く出入りしていますぜ」

「初音……」

「ええ……」

「由松さん……」

「うん。で、お前が京助を最後に見掛けたのは、いつだ」

「確か二日前だったかな……」

「二日前。何処でだ」

「橋場の金龍一家の賭場ですぜ」

「寺か……」

「ええ。大慶寺の家作ですよ」

京助は、少なくとも二日前迄は拐かされていず賭場に出入りをしていた。

「その時、京助は誰かと一緒だったかな」

「ええ。兼吉って遊び人と一緒でしたよ」

「兼吉……」

「ええ……」

「何処に住んでいる」

「下谷の方だと聞いた覚えはありますが、詳しくは……」

地廻りは首を捻った。

「そうか。造作を掛けたな……」

由松と新八は、地廻りと別れて花川戸町の小料理屋『初音』に向かった。


雲海坊と清吉は、扇屋『香風堂』を見張り続けた。

扇屋『香風堂』に不審な者は現われず、結び文を投げ込む者もいなかった。

「妙な奴は現われませんね」

「ああ……」

　雲海坊と清吉は、辛抱強く見張った。


　不忍池に夕陽が映えた。

　東叡山寛永寺や不忍池の弁財天の参拝客と遊びに来た者も帰り始め、下谷広小路の賑わいも終わり始めていた。

　呉服屋『越前屋』の正吉と遊び人は、池之端仲町の居酒屋『福屋』の暖簾を潜った。

　幸吉と勇次は見届けた。

「よし。勇次、正吉と遊び人が誰かと逢っているかもしれない。腹拵えを兼ねて見て来な」

　幸吉は命じた。

「はい。じゃあ……」

　勇次は、居酒屋『福屋』に入って行った。

　正吉の遊び方は、拐かされた扇屋『香風堂』の若旦那京助の遊び方と変わらない筈だ。

幸吉は、正吉の遊び方から京助の動きを見定めようと思った。

正吉と遊び人は、居酒屋『福屋』の店内で二人の浪人と落ち合った。そして、衝立(ついたて)で仕切られた小座敷で酒を飲んでいた。

勇次は、正吉たちを窺いながら徳利一本の酒を飲み、丼飯を食べた。

正吉と遊び人、二人の浪人は、楽しげに酒を飲んでいた。

浅草花川戸町の小料理屋『初音』は、店を開けたばかりで客は未だいなかった。

由松と新八は、小料理屋『初音』の亭主に京助の事を尋ねた。

「香風堂の若旦那ですか……」

「ええ。此処の馴染だと聞きましたが、最後に来たのはいつですかね」

新八は尋ねた。

「ええと、確か二日前でしたか、遊び人の兼吉をお供にして来ていましたよ」

「二日前。由松さん……」

「うん。橋場の賭場に行った日だな」

由松は頷いた。

「ええ。で、その時、京助の若旦那、どんな風でした……」

「どんなって、いつもと変わらず賑やかで居合わせた見ず知らずのお客さんにも振る舞っていましたよ」

「見ず知らずのお客にも振る舞っていた……」

新八は眉をひそめた。

「ええ。御機嫌でしたよ」

「その見ず知らずの客ってのは、どんな人たちですかい……」

由松は尋ねた。

「どんなって。職人や浪人さんやいろいろでしたよ」

亭主は首を捻った。

「その中で若旦那が何処の誰か知りたがった奴はいなかったかな……」

由松は、振る舞われた客の中に京助を拐かした者がいないか探りを入れた。

「さあ、別にいませんでしたがね」

亭主は眉をひそめた。

「そうですかい……」

由松と新八は、僅かに肩を落した。

陽は沈み、扇屋『香風堂』は店仕舞いを始めた。

手代や小僧たちは、店先を片付けて掃除をして大戸を閉めた。

雲海坊と清吉は見届けた。

「どうやら、結び文が投げ込まれたり、変わった事はなかったようですね」

清吉は読んだ。

「うん。此からなのかもしれない。今夜は夜通し見張ってみるぜ」

「はい……」

雲海坊と清吉は、見張り続けた。


谷中長泉寺の賭場は、客の熱気と煙草の煙に満ちていた。

正吉は、取り巻きの遊び人や二人の浪人と居酒屋『福屋』から谷中に来た。そして、長泉寺の家作の賭場に入った。

幸吉と勇次は、物陰から見届けた。

「居酒屋から賭場ですか、餓鬼の癖に良い気なもんですね」

勇次は、腹立たしげに告げた。

「ああ。おそらく拐かされた京助も正吉と同じようなものだろうな」

幸吉は読んだ。

「ええ。だとしたら、拐かして身代金を戴こうって奴が現われても不思議はありませんよ」

勇次は、嘲りを浮かべた。

「ああ。生意気な餓鬼と甘やかしている金持ちの親に思い知らせてやるか……」

幸吉は、京助を拐かした者の腹の内を読んだ。


浅草橋場町の裏通りに大慶寺はあり、金龍一家の賭場があった。

由松と新八は、金龍一家の三下に金を握らせた。

三下は、渡された金を握り締めた。

「で、香風堂の京助は、二日前に此の賭場に来たんだな」

由松は尋ねた。

「ええ。確かに二日前に来ていましたぜ」

「その後は……」

新八は訊いた。

「来ていませんよ」

「そうか……」

「で、京助、二日前に誰と賭場に来たのかな」

「取り巻きの兼吉って遊び人と二人で……」

「京助、博奕の方はどうだったんだい」

「そりゃあもう、所詮は十七歳の若旦那。二日前も大負けに負けて、借金作りましてね」

「借金を作った……」

由松は眉をひそめた。

「ええ。貸元に二十両程の借金を作りましてね。十日後迄に返さなければ、簀巻にして隅田川に放り込むと脅され、震え上がっていましたよ」

三下は笑った。

「そいつは大変だ」

新八は苦笑した。

「ええ。で、遊び人の兼吉に慰められながら帰って行きましたよ」

「何処に帰ったかは……」

「さあ、知りませんよ」

「じゃあ、遊び人の兼吉の家が何処か知っているかな……」

由松は、三下を見据えた。

夜風が吹き抜け、大慶寺の庭木の梢(こずえ)が音を鳴らして揺れた。

二

扇屋『香風堂』は、軒行燈も消して夜の闇に沈んでいた。

清吉は、向い側にある駒形堂の陰から見張りを続けていた。

「どうだ、妙な奴は現われないか……」

雲海坊は、腹拵えをして戻って来た。

「はい……」

清吉は頷いた。

雲海坊は、竹筒を清吉に渡した。

「これは……」

「酒だ。一口やりな……」

「はい……」

清吉は、竹筒に入った酒を喉を鳴らして飲んだ。

「本当に来ますかね。拐かしの一味の野郎……」

「ああ。必ず来るさ」

雲海坊は、清吉から竹筒を受け取り、扇屋『香風堂』を眺めながら酒を飲んだ。

「雲海坊さん……」

清吉が、暗い蔵前の通りから来る人影を示した。

人影は、頬被りをした町方の男だった。

雲海坊と清吉は見守った。

頬被りをした男は、扇屋『香風堂』の前に進んで店の中の様子を窺った。そして、懐から何かを取り出し、潜り戸の隙間から店の中に押込んだ。

「店に何か入れましたぜ……」

清吉は囁いた。

「ああ。やっと来たようだな」

雲海坊は、小さな笑みを浮かべた。

頬被りの男は、扇屋『香風堂』から足早に離れた。

「雲海坊さん……」

「よし……」

雲海坊と清吉は、頰被りの男を追った。

頰被りの男は、蔵前の通りを横切って三間町に進んだ。

雲海坊と清吉は、暗がり伝いに追った。

頰被りの男は、東本願寺に向かっていた。

「下谷ですか……」

「きっとな……」

雲海坊と清吉は尾行た。

頰被りの男は、東本願寺の前を足早に抜けて新堀川に架かっている菊屋橋を渡り、北に曲がった。

雲海坊と清吉は、足早に行く頰被りの男を追った。

谷中の遊廓いろは茶屋は賑わっていた。

呉服屋『越前屋』の若旦那の正吉は、谷中長泉寺の賭場を出て二人の浪人と別れ、取り巻きの遊び人と女郎屋『東楼』に上がった。

幸吉と勇次は見届けた。

「酒に博奕に女。此で一通り。とても十七の餓鬼のする事じゃありませんぜ」

勇次は、腹立たしげに吐き棄てた。

「ああ……」

幸吉は苦笑した。

「どうします」

「ま、今夜は此迄にして、明日、東楼から出て来た処を押さえるさ」

幸吉は決めた。


下谷幡随院門前町の片隅にある長屋の家々は、既に明かりを消して眠りに就いていた。

頬被りの男は、長屋の木戸を潜って直ぐの暗い家に入った。

雲海坊と清吉は、木戸の陰から見届けた。

頬被りの男の入った家には、小さな明かりが灯された。

「どうやら、頬被り野郎の塒のようですね」

清吉は読んだ。

「ああ……」

拍子木の音が甲高く響いた。

夜廻りの木戸番だ。

「清吉、木戸番に頬被りの野郎を知っているか訊いて来い……」

雲海坊は命じた。

「合点です……」

清吉は、拍子木の音のする方に走った。

雲海坊は、頬被りの男の入った古い長屋の家を見守った。

頬被りの男の入った家は、小さな明かりを灯したまま静かだった。

僅かな刻が過ぎた。

「雲海坊さん……」

清吉が駆け戻って来た。

「おう。知っていたかい……」

「はい。手前の家の野郎は、為吉(ためきち)って遊び人だそうですぜ」

「遊び人の為吉か……」

「はい。真っ当な仕事に就かず、大店の若旦那や旗本の若さまなんかの取り巻きで小遣を貰っている野郎だそうですぜ」

清吉は告げた。

「兼吉じゃあなくて為吉なんだな」

雲海坊は、拐かされた京助の取り巻きの遊び人の兼吉を思い出した。

「はい。為吉です」

清吉は頷いた。

「よし。為吉は俺が見張る。清吉、お前は此の事を親分に報せろ」

「はい……」

「為吉は、おそらく香風堂に二通目の結び文を投げ込んだ筈だ。そいつを忘れずにな」

「合点です。じゃあ……」

清吉は、柳橋の船宿『笹舟』に走った。

雲海坊は、遊び人の為吉の家を見張った。

入谷鬼子母神(いりやきしもじん)は、蒼白い月明かりを浴びていた。

由松と新八は、入谷鬼子母神の横手にある大戸を閉めた茶店を眺めた。

「遊び人の兼吉の家、此処ですね……」

新八と由松は、遊び人の兼吉の家が入谷鬼子母神の横手にある茶店だと突き止め、やって来たのだ。

大戸を閉めた茶店は、暗く静まり返っていた。

「よし、一廻りしてみよう」

由松と新八は、大戸を閉めた茶店の周囲を一廻りした。

大戸を閉めた茶店からは、僅かな明かりも物音も洩れてはいなく、表や裏の井戸端には雑草が生えていた。

由松と新八は、茶店の中を窺った。

茶店の中には、人の気配はまったく感じられなかった。

「誰もいないようですね……」

新八は睨んだ。

「ああ……」

由松は頷いた。

由松と新八は、木戸番を訪れて大戸を閉めた茶店について尋ねた。

茶店を営んでいた老夫婦は既に亡く、一人息子の兼吉は茶店を継がず、遊び人として暮らしていた。

茶店は、遊び人の兼吉の家なのは確かだったが、帰ってくる事は滅多になかった。

何れにしろ、拐かされた扇屋『香風堂』の若旦那京助の足取りは、橋場の賭場を出て途切れた。

遊び人の兼吉は、拐かされた京助と一緒に何処かに閉じ込められているのかもしれない。

由松と新八は、拐かされた京助の足取りを追うのに一区切りをつけた。

行燈の明かりは、船宿『笹舟』の居間を仄かに照らしていた。

「そうか。扇屋の香風堂に二通目の結び文が投げ込まれたか……」

幸吉は眉をひそめた。

「おそらく。それで今、雲海坊さんが結び文を入れた遊び人の為吉を見張っています」

「為吉、家は幡随院の門前町の長屋なんだな」

幸吉は尋ねた。

「はい……」

清吉は頷いた。

「只今戻りました」

由松と新八が戻って来た。

「おう、御苦労さん。若旦那の京助の足取り、分かったかい……」

「はい。二日前、京助は取り巻きの兼吉って遊び人と花川戸の初音って小料理屋で酒を飲み、その足で橋場の大慶寺って寺の金龍一家の賭場に行き、博奕に負けて貸元に二十両の借金を作って帰った。それ以後の足取りは今の処、分かっていません」

新八は報せた。

「じゃあ、その足取りの途切れた二日前の夜、拐かされたって事かな……」

幸吉は眉をひそめた。

「きっと……」

由松は頷いた。

「で、京助と一緒にいた取り巻きの兼吉って遊び人はどうしているんだ」

「そいつが、行方が摑めないんですよ」

新八は告げた。

「京助と一緒に拐かされたってのはないのかな……」

「有り得ますが、金になるのは京助だけで兼吉は邪魔なだけです。今頃、もう何処かでってのもあります」

由松は眉をひそめた。

「うむ。で、京助の周りに拐かしを働きそうな者はいなかったかい……」

幸吉は尋ねた。

「そいつが親分、十七歳の餓鬼の癖に見ず知らずの者に酒を振る舞ったり、賭場に借金を作ったり、拐かして親から身代金を戴こうって企む奴が、幾ら現われても不思議はありませんよ」

新八は、苛立たしげに告げた。

「そいつは、京助の遊び仲間の呉服屋越前屋の若旦那の正吉を見ていて、俺も良く分かったよ。酒に博奕に女郎屋通い、子供にも呆れるが、甘やかしている親にはもっと呆れるぜ」

幸吉は苦笑した。

「まったくです……」

由松は吐き棄てた。

幸吉は、由松と新八に扇屋『香風堂』に二通目の結び文が入れられた事を教えた。

「金の受け渡しは近いようですね」

由松は読んだ。

「うん。よし、清吉と新八は雲海坊の処に行き、結び文を香風堂に投げ入れた遊び人の為吉を見張れ」

「承知……」

清吉と新八は頷いた。

「由松は、京助の取り巻きの兼吉を追ってみてくれ」

「はい……」

「俺は秋山さまに御報せし、香風堂に投げ込まれた結び文に何が書かれているか検める」

幸吉は手配りをした。

翌朝、幸吉は久蔵と共に扇屋『香風堂』を訪れた。

幸吉は、扇屋『香風堂』に行く間に拐かされた京助の事を久蔵に報せた。

「救いようのねえ馬鹿旦那だな……」

久蔵は苦笑した。

老番頭の吉兵衛は、今朝になって店土間に落ちていた結び文に気が付き、主の宗右衛門と相談して幸吉に報せようとしていた。

久蔵と幸吉は、奥の座敷に通された。

吉兵衛は、主の宗右衛門と一緒に恐縮した面持ちで現われた。

「扇屋香風堂主の宗右衛門にございます。此の度は倅京助が御迷惑をお掛け致して申し訳ありません」

宗右衛門は詫びた。

「ああ。宗右衛門、倅の京助、十七歳の小僧にしては、分不相応な度の過ぎた真似をしているようだな」

久蔵は、宗右衛門を厳しく見据えた。

「お、畏れ入りましてございます」

宗右衛門は、冷汗を滲ませて肥った身体を縮めた。

「ま、いい。して昨夜、二通目の結び文ってのが届いたそうだな」

久蔵は、吉兵衛に尋ねた。

「は、はい。此にございます」

吉兵衛は、折り皺の付いた結び文を差し出した。

久蔵は受け取って一読し、幸吉に廻した。

結び文には、『切り餅二百両を菓子箱に入れて紺色の風呂敷に包み、未の刻八つ（午後二時）に浅草寺境内の茶店に預けろ……』と書いてあった。

「未の刻八つに浅草寺境内の茶店ですか……」

「ああ。して宗右衛門、二百両は仕度してあるんだろうな」

久蔵は、宗右衛門を見据えた。

「はい……」

宗右衛門は、肉の重なった首で頷いた。

「ならば、未の刻八つに宗右衛門が浅草寺境内の茶店に持って行くのだな」

久蔵は告げた。

「て、手前がですか……」

　宗右衛門は狼狽えた。

「ああ。自分の可愛い倅の命が懸かっているのだ。親のその方が働かなくて誰が働く……」

「は、はい……」

　久蔵は、皮肉っぽく笑った。

　宗右衛門は項垂れた。

「よし。ならば宗右衛門、未の刻八つに浅草寺境内の茶店に行き、余計な真似をせずに二百両を確かに預けるんだな」

　久蔵は命じた。

「あ、あの。京助は……」

「生きていれば必ず助ける……」

　久蔵は告げた。

「生きていれば……」

　宗右衛門は緊張した。

「ああ。生きていればだ……」

　久蔵は、冷徹に云い放った。

幡随院門前町の長屋は、洗濯をするおかみさんたちで賑やかだった。

雲海坊、新八、清吉は、手前の家に住んでいる遊び人の為吉を見張った。

遊び人の為吉は、未だ寝ているのか出掛ける事はなかった。

雲海坊、新八、清吉は見張った。


谷中いろは茶屋は、遅く気怠い朝を迎えていた。

勇次は、女郎屋『東楼』を見張っていた。

昨夜、女郎屋『東楼』に上がった呉服屋『越前屋』の若旦那の正吉は未だ出て来なかった。

「どうだ……」

幸吉がやって来た。

「未だ出て来ません」

勇次は苦笑した。

「そうか。香風堂に二度目の投げ文があってな。今日の未の刻八つに浅草寺境内の茶店に身代金の二百両持って来いと云って来た」

「浅草寺境内の茶店に二百両ですか……」

「ああ。で、秋山さまは旦那の宗右衛門に二百両を持って行くように命じられたぜ」

「へえ、旦那にですかい……」

「ああ。悴の京助を折紙付の馬鹿旦那にしたのは、大甘の父親宗右衛門だ。子供の尻の始末は親がするのが道理だ」

「そりゃあそうですね」

勇次は笑った。

「おっ。もう一人の馬鹿旦那が出て来たぜ」

幸吉は、女郎屋『東楼』を示した。

呉服屋『越前屋』の若旦那の正吉と遊び人が、女郎屋『東楼』から遣り手婆あと男衆に見送られて出て来た。

「よし。何処かの寺の境内を借りるぜ」

幸吉は、勇次と共に女郎屋『東楼』から出て来た正吉と取り巻きの遊び人に向かった。

小さな古寺は参拝客もいなく、境内は静寂に満ちていた。

幸吉と勇次は、呉服屋『越前屋』の正吉と取り巻きの遊び人を境内に連れ込んだ。

正吉と遊び人は、緊張した面持ちで幸吉と勇次に向き合った。

「正吉さん、扇屋香風堂の京助さんとは遊び仲間だね」

「はい。京助が何か……」

「最後に逢ったのは、いつですかい」

「確か、三日前の夜ですが……」

正吉は、指を折って思い出した。

三日前は、京助が拐かされたとされる日だ。

「その時、京助は何処で何をしていたのかな」

「浅草広小路の立場で遊び人の兼吉と町駕籠に乗ろうとしていて、二十両を貸してくれと云って来ましてね。それで、自分の遊ぶ金を用意するのに精一杯だと云ってやりました」

正吉は笑った。

「浅草広小路の立場で町駕籠にねえ……」

「はい……」

「その時、兼吉も一緒だったんだね」

「はい……」

「処で京助さんの馴染の女、何処の誰か知っているかな」

「此の前迄は吉原に通っていたけど、近頃は変わりましてね。何処の誰かは未だ……」

「知らないかい……」

「はい。親分、京助がどうかしたんですか……」

正吉は、不安げな面持ちになった。

「ええ、ちょいとね。若旦那、余り派手に遊んでいると、何が起こるか分かりませんぜ」

幸吉と勇次は、冷たく笑った。

三

入谷鬼子母神近くの潰れた茶店には、相変わらず人の気配は窺われなかった。

由松は、茶店の裏手に廻って勝手口の板戸を開けようとした。
板戸は僅かに軋んだ。
錠は掛けられていない……。
由松は、板戸を開けた。
板戸は軋みをあげて開いた。
由松は、板戸の中を覗いた。
板戸の中は、薄暗い台所の土間で店に続いていた。
由松は、板戸を閉めて踏み込んだ。

薄暗い台所の土間と店は、埃が薄く積もっていた。
由松は、居間に続く框にあがった。
框に埃はなかった。
人が出入りしている……。
由松は、微かな戸惑いを覚えながら居間に進んだ。
居間には火鉢などの僅かな家具があり、二つの古びた位牌があった。
茶店の持ち主、兼吉の両親の位牌……。

由松は読み、続く座敷を覗いた。
続く座敷には蒲団が敷かれ、枕元には煙草盆や貧乏徳利や湯呑茶碗があった。
由松は、居間の火鉢に仄かな温かさを感じ、盛り上がった灰の下を探った。
灰の下から埋（うず）み火が出て来た。
由松は、埋み火に息を吹いた。
埋み火の端が赤く熾きた。
さっき迄、人がいた……。
おそらく遊び人の兼吉だ。
昨夜、兼吉は由松と新八が帰った後に戻って来て、今朝方に出掛けて行った。
由松は読んだ。
兼吉は、京助と一緒に拐かされていない。
ならば何故、姿を見せないのだ……。
由松は眉をひそめた。

幸吉と勇次は、呉服屋『越前屋』の正吉と別れて谷中から引き揚げた。
引き揚げる途中、幸吉と勇次は下谷の幡随院門前町の長屋に寄った。

幡随院門前町の長屋には、雲海坊が新八や清吉と遊び人の為吉を見張っていた。

「どうだ……」

「為吉、未だ動く様子は見えませんね」

雲海坊は苦笑した。

「そうか。で、結び文には今日の未の刻八つに浅草寺境内の茶店に二百両持って来いと書いてあったぜ」

「じゃあ、為吉の奴も未の刻八つ近くに動くか……」

「きっとな。雲海坊と清吉は引き続き為吉を頼む。新八には勇次と一緒に浅草寺境内の茶店に廻って貰うぜ」

「ああ……」

雲海坊は頷いた。


午の刻九つ（正午）。

金龍山浅草寺は参拝客で賑わった。

幸吉は、勇次や新八と浅草寺境内の茶店を窺った。

茶店には多くの参拝客が出入りし、周囲に不審な者は見当たらなかった。

肝心な事は、拐かされた京助を無事に助け出す事だ。

幸吉、勇次、新八は、二百両の身代金を受け取りに来た者を捕えずに尾行し、隠れ家を突き止めると決めていた。

「どうだ……」

塗笠を被った久蔵が、着流し姿で現われた。

「此は秋山さま……」

幸吉たちは迎えた。

「和馬は金を持ってくる香風堂の宗右衛門を追って来る」

久蔵は告げた。

「和馬の旦那が……」

「うむ。して、怪しい野郎はいるのか……」

「いえ。未だ……」

「そうか……」

「九つ半になったら勇次を茶店に客として入らせます」

「うむ……」

久蔵は頷いた。

為吉の家の腰高障子が開いた。

雲海坊と清吉は、木戸の陰に身をひそめた。

為吉が、開けられた腰高障子から出て来た。

漸く動く……。

雲海坊と清吉は見守った。

為吉は、足早に長屋を出て東本願寺に向かった。

雲海坊と清吉は追った。

「浅草寺に行くつもりですぜ」

清吉は読んだ。

「ああ……」

雲海坊は頷いた。

扇屋『香風堂』は、いつも通りに客を迎えていた。

主の宗右衛門が紺色の風呂敷包みを抱えた手代を従え、老番頭の吉兵衛に見送られて店から出て来た。

「では旦那さま、お気を付けて……」

「うむ……」

宗右衛門は、不機嫌な面持ちで頷き、手代を従えて浅草広小路に向かった。

袴を着けた浪人姿の和馬が現われ、宗右衛門と手代を追った。

宗右衛門は、重い足取りだった。

馬鹿な悴を甘やかした報いだ……。

和馬は苦笑した。


浅草寺境内の茶店は賑わっていた。

「茶を頼むぜ」

勇次は、茶店の亭主に茶を頼んで縁台の端に腰掛けた。そして、茶を飲み、団子を食べている客たちをそれとなく窺った。

参拝に来た老夫婦、親子連れ、町方の娘や隠居、お内儀さん……。

様々な客がいた。

勇次は窺った。

気になる妙な客はいない……。

勇次は、拐かしの一味の者が未だ来ていないと睨んだ。

未の刻八つが近付いた。

浅草寺境内の雑踏は続いた。

久蔵は、幸吉や新八と仁王門の傍から茶店に出入りする客を見ていた。

若い男が辺りを見廻し、軽い足取りで茶店に入って行った。

「随分、客の出入りが多いですね」

新八は眉をひそめた。

「うむ……」

幸吉は頷いた。

「今、茶店に入った奴が遊び人の為吉だぜ」

雲海坊が現われた。

「為吉。雲海坊、追って来たか……」

「ああ。清吉は茶店の向こうに廻ったよ」

「そうか……」

幸吉は頷いた。

「雲海坊……」

久蔵が、仁王門の陰から出て来た。

「こりゃあ秋山さま……」

「為吉ってのは、香風堂に結び文を届けた野郎だな」

久蔵は、茶店の奥で茶を頼む為吉を眺めた。

「はい……」

雲海坊は頷いた。

「よし。じゃあ、そろそろ俺も茶を飲みに行くか……」

久蔵は、雷門から続く参道を眺めた。

扇屋『香風堂』の宗右衛門が、手代を従えて参道を来るのが見えた。

「香風堂の宗右衛門です」

幸吉が気が付いた。

「うむ。じゃあな……」

久蔵は、塗笠を取りながら茶店に向かった。

「雲海坊、結び文には二百両を茶店に預けろと書いてあった。拐かしの奴らが客として来るとは限らない」

幸吉は読んだ。

「承知、清吉と裏に廻るぜ」

雲海坊は、茶店の裏に廻って行った。

幸吉と新八は、参道を来る宗右衛門と手代を見守った。


勇次は、茶を飲みながら茶店に出入りする客を窺っていた。

久蔵が縁台に腰掛け、茶店の亭主に茶を注文した。

勇次は、久蔵に目顔で会釈した。

久蔵は、勇次に小さく頷いて隅にいる為吉を目顔で示した。

拐かしの一味……。

勇次は気が付き、為吉を窺った。

為吉は、落ち着かない風情で訪れる客を窺っていた。

ひょっとしたら、香風堂に結び文を届けた為吉かもしれない……。

勇次は睨んだ。

だとしたら、雲海坊と清吉も追って浅草寺に来ている筈だ。

茶店は、幸吉、新八、雲海坊、清吉に囲まれ、店内は久蔵と勇次に見張られている。

勇次は、推し測った。

肥った大店の旦那が、紺色の風呂敷包みを持った手代を従えて入って来た。

久蔵は、勇次を一瞥した。

扇屋『香風堂』の主の宗右衛門……。

勇次は読んだ。

宗右衛門は、縁台や床几（しょうぎ）に座らずに茶店の奥に進んだ。

久蔵と勇次、そして為吉は宗右衛門を見守った。

宗右衛門は、奥にいた亭主に何事かを頼み、手代の持っていた紺色の風呂敷包みを渡した。

亭主は受け取った。

宗右衛門は、亭主に心付けを渡して頭を下げ、茶店の外に向かった。

結び文に書かれた指示の通りだ……。

久蔵は見守った。

勇次は、為吉を見守った。

宗右衛門は、手代を従えて早々に茶店から出て行った。

為吉は、宗右衛門を見送った。そして、手にしていた湯呑茶碗を縁台に落した。茶碗が縁台に落ちて跳ね、茶の飛沫が近くに座っていた者たちに飛び散った。

「何をするんだい……」

茶を浴びた者たちが慌てた。

「す、済まねえ。亭主、姐さん、雑巾だ。雑巾を持って来てくれ」

為吉は叫び、騒ぎ立てて周囲の客たちの茶も零した。

「只今、只今……」

亭主と茶店女が、慌てて雑巾を持って来た。

茶店は騒然とした。

久蔵と勇次は、亭主が小座敷の框に置いた紺色の風呂敷包みを見据えていた。

菅笠を被った男が、裏口から入って来て紺色の風呂敷包みを持って逃げた。

「秋山さま……」

勇次は、久蔵に駆け寄った。

「勇次、俺は為吉の野郎を締め上げる。お前はみんなと菅笠の行き先を突き止めろ」

「心得ました」

勇次は、久蔵を残して頬被りに菅笠の男を追った。

久蔵は、騒ぎ立てている為吉に近付き、その腕を捻り上げた。

為吉は悲鳴を上げた。

「いつまでも煩く騒ぎ立てるんじゃあねえ」

久蔵は冷笑した。


勇次は、茶店の裏口を出た。

「勇次……」

雲海坊と清吉が、物陰から現われた。

「菅笠の野郎です」

勇次は告げた。

「やっぱり、そうか……」

「野郎、こっちです」

清吉は、雷門に続く参道に走った。

勇次と雲海坊は続いた。

菅笠の男の後ろ姿が、雷門の参道の人混みに見えた。

「野郎だ……」

　勇次、清吉、雲海坊は追った。

「放せ……」

　為吉は、逃げようと暴れた。

「静かにしろ」

　久蔵は、為吉に鋭い平手打ちを加えた。

　為吉は頬を鳴らし、腰を抜かして尻から落ちた。

　幸吉と新八が、茶店に駆け付けて来た。

「秋山さま……」

「金は菅笠の野郎が持って行き、勇次たちが追った。為吉を締め上げる」

「承知。新八……」

「はい……」

　幸吉と新八は、腰を抜かしている為吉を茶店の裏口に引き摺って行った。

　久蔵は続いた。

久蔵は、茶店の納屋を借りた。

幸吉と新八は、為吉を納屋の土間に引き据えた。

「さあて為吉、誰に云われて扇屋香風堂に結び文を届けたのだ」

久蔵は尋ねた。

「し、知らねえ……」

為吉は不貞腐れた。

「ならば、誰に云われて茶店で茶を零して騒ぎを起こした」

「さあ、知らねえな……」

為吉は惚けた。

「そうか。何も知らねえか……」

久蔵は苦笑した。

「ああ……」

為吉は、鼻先で笑った。

「いい加減にしろ、為吉……」

幸吉は、為吉の肩を十手で打ち据えた。

為吉は、顔を歪めた。

「ま、良いさ、柳橋の。何も知らなくても此のまま扇屋香風堂京助を拐かした罪で打ち首獄門にする迄だ」

久蔵は、冷ややかな笑みを浮かべた。

「か、拐かしの罪で打ち首獄門……」

為吉は、恐怖に衝き上げられて激しく震え出した。

「ああ。拐かしに荷担したのに間違いはねえんだ。仕方があるまい」

「拐かしって、結び文やさっきの騒ぎは、拐かしに拘りあったんですか……」

「為吉、手前、詳しい事も知らずに結び文を届け、騒ぎを起こしたのか……」

「はい。鮫島秀一郎の旦那に二分で頼まれて……」

為吉は、嗄れ声を激しく震わせた。

「鮫島秀一郎……」

久蔵は眉をひそめた。

「はい……」

「為吉、その鮫島秀一郎、どんな奴だ」

「若旦那の京助さんの取り巻きの浪人です……」

為吉は、久蔵に縋る眼差しを向けた。

「秋山さま……」

幸吉と新八は眉をひそめた。

「うむ。京助の奴、どうやら己の取り巻きに拐かされたようだな……」

久蔵は、面白そうに笑った。

四

雷門から東本願寺、そして新寺町……。

菅笠の男は、奪った紺色の風呂敷包みを腰に結び、新寺町の静かな通りを下谷広小路に進んだ。

勇次と清吉、離れて雲海坊が追った。

「何処に行く気かな……」

編笠の浪人に身を変えた和馬が、雲海坊に背後から並んだ。

「和馬の旦那……」

「今の処、菅笠の野郎だけだな……」

和馬は、扇屋『香風堂』主の宗右衛門が茶店の亭主に金を預けて帰るのを見定めた。そして、茶店を見張り、雲海坊や勇次たちの動きを見守っていたのだ。

「はい……」

雲海坊は頷いた。

勇次と清吉は、下谷広小路に近付いた。

「広小路だ。少し間を詰めよう」

和馬と雲海坊は、広小路の雑踏で見失うのを恐れた。


不忍池には水鳥が遊んでいた。

菅笠の男は、下谷広小路の雑踏を抜けて不忍池の畔を西に進んだ。

勇次と清吉は尾行た。

行く手に古い茶店があった。

菅笠の男は、古い茶店を一瞥して足早に通り過ぎた。

勇次と清吉は追い、古い茶店の前に差し掛かった。

着流しの浪人が古い茶店から現われ、勇次と清吉の前に立った。

勇次と清吉は、浪人の脇を会釈をして通り抜けようとした。

浪人は動き、勇次と清吉の道を塞いだ。

拐かしの一味……。

勇次と清吉は身構えた。

和馬と雲海坊は、勇次と清吉が浪人に尾行の邪魔をされたのに気が付いた。

「雲海坊、雑木林を走って菅笠を追え」

和馬は咄嗟に命じた。

「承知……」

雲海坊は、雑木林に駆け込んだ。

和馬は、勇次と清吉の許に走った。


菅笠の男は、不忍池の畔を足早に進んで見えなくなった。

勇次と清吉は焦った。

浪人は、薄笑いを浮かべて刀の柄を握った。

勇次と清吉は、思わず後退りした。

「何をしている……」

和馬が、駆け寄って来た。

浪人は、薄笑いを消して刀の柄から手を離した。

勇次と清吉は、微かな安堵を浮かべた。

「何をしている……」

和馬は、浪人に十手を見せた。

「ほう。これはこれは。此の者たちが拙者の行く手を塞いでな……」

浪人は、侮りを浮かべて立ち去って行った。

和馬は、浪人を見送った。

「助かりました。和馬の旦那……」

勇次と清吉は、和馬に頭を下げた。

「浪人、菅笠の一味だな」

「ええ、きっと……」

勇次は頷いた。

「尾行ますか……」

清吉は、去って行く浪人を睨み付けた。

「いや、奴も尾行を警戒している。それより菅笠だ」

「でも、菅笠の野郎は見失って……」

清吉は眉を曇らせた。

「心配するな、雲海坊が追った」

「じゃあ、此のまま菅笠を追いますか……」

「ああ。此のまま行けば根津権現か谷中。よし、先ずは根津権現に行ってみよう」

和馬は決め、勇次や清吉と菅笠の男が見えなくなった不忍池の畔を急いだ。


扇屋『香風堂』京助は、自分の取り巻きの浪人鮫島秀一郎に拐かされた……。

久蔵は、遊び人の為吉を大番屋に送った。

京助の取り巻きと云えば、一緒に姿を消している遊び人の兼吉だ。

「よし、兼吉の家に行ってみよう」

兼吉の入谷鬼子母神近くの家は、由松が見張っている。

久蔵は、幸吉と新八を伴って入谷鬼子母神近くにある兼吉の家に向かった。


根津権現には参拝客が訪れていた。

菅笠の男は、根津権現門前町の裏通りにある板塀を廻された家に入った。

雲海坊は見届けた。

どう云う家で、扇屋『香風堂』の若旦那の京助はいるのか……。

雲海坊は、板塀で囲まれた家を眺めた。

家は静かであり、二階の部屋の窓辺で襦袢姿の女がだらしなく欠伸をしていた。

雲海坊は、饅頭笠を上げて見た。

窓辺に半裸の若い男が現われ、襦袢姿の女を誘って窓の障子を閉めた。

曖昧宿か……。

曖昧宿とは、料理屋を装った売春宿で天下の御法度だ。

雲海坊は眉をひそめた。

僅かな刻が過ぎた。

着流しの浪人がやって来た。

勇次と清吉の尾行の邪魔をした浪人……。

雲海坊は見定め、物陰から見守った。

着流しの浪人は、油断なく辺りを窺って板塀に囲まれた家に入って行った。

雲海坊は見届けた。

「兼吉が出入りしている……」

幸吉は眉をひそめた。

「ええ……」

由松は、入谷鬼子母神近くの潰れた茶店を眺めた。

「由松、そいつは間違いないんだな」

久蔵は尋ねた。

「はい。火鉢の埋み火が未だ燠きました」

「埋み火か……」

久蔵は眉をひそめた。

「じゃあ兼吉、若旦那の京助と一緒に拐かされていなかったのか……」

「ええ。で、戻るのを待っていたのですが……」

由松は、厳しさを浮かべた。

「柳橋の、此の拐かし、ひょっとしたら俄狂言かもしれねえぜ」

「俄狂言……」

幸吉は、戸惑いを滲ませた。

「ああ……」

久蔵は苦笑した。


根津権現門前町の板塀に囲まれた家は、やはり曖昧宿だった。

雲海坊は、曖昧宿を見張った。

「雲海坊さん……」

清吉が駆け寄って来た。

「おう、来たか……」

「ええ。捜しましたよ。神崎の旦那と勇次の兄貴も来ています」

「よし。報せて来い……」

「はい……」

清吉は駆け去った。

雲海坊は安堵した。

曖昧宿に人の出入りはなかった。

僅かな刻が過ぎ、和馬と勇次が清吉に誘われて来た。

「やあ。此処か……」

和馬と勇次は、曖昧宿を眺めた。

「ええ。曖昧宿ですよ」

「曖昧宿……」

和馬と勇次は眉をひそめた。

「ええ……」

「菅笠の男が入ったのに間違いないのだな」

和馬は念を押した。

「ええ。追うのを邪魔した浪人も……」

雲海坊は頷いた。

「そうか。よし、清吉。秋山さまと幸吉の親分に此の事を報せろ」

和馬は命じた。

「合点です。じゃあ、勇次の兄貴……」

「うん。急げ……」

勇次は頷いた。

清吉は、猛然と走り去った。

「さあて、拐かしの一味は何人いるのか……」

和馬は、曖昧宿を眺めた。

根津権現は西日に照らされた。

久蔵、幸吉、由松、新八は、清吉に誘われて根津権現門前町の曖昧宿にやって来た。

和馬と雲海坊は迎えた。

「御苦労だったな……」

久蔵は労った。

「いえ。あの家です。裏は勇次が見張っています」

和馬は、曖昧宿を示した。

「そうか。して、あの家には菅笠の男の他に誰がいるのだ」

久蔵は尋ねた。

「はい。あの家は曖昧宿でして、年増の女将と抱えている二人の女、飯炊き婆さん、それに若い男客……」

「若い男客……」

久蔵は、小さな笑みを浮かべた。

「はい。そして、拐かしの一味で女将の情夫(おとこ)と思われる浪人が一人……」

「浪人……」

「はい」

「名は分かるか……」

「鮫島と……」

和馬は告げた。

「秋山さま……」

幸吉は眉をひそめた。

「ああ。京助の取り巻きで為吉を使っていた鮫島秀一郎に違いあるまい……」

久蔵は頷いた。

「じゃあ、菅笠の男は……」

「やはり、京助の取り巻きの遊び人の兼吉だろう」

久蔵は読んだ。

「遊び人の兼吉……」

幸吉、雲海坊、由松、新八、清吉は驚いた。

「ああ。京助と一緒に拐かされて何処かに閉じ込められているか、既に殺されたと思っていたが、どうやら違うらしい」

「兼吉も拐かしの一味……」

幸吉たちは戸惑った。

「ああ。よし、和馬、お前は柳橋のみんなと表から踏み込め。俺は勇次と裏から行く」

久蔵は命じた。

「ですが、下手に踏み込めば、拐かされた京助の命が……」

和馬は眉をひそめた。

「そいつは心配ねえ……」

久蔵は苦笑した。

「心配ない……」

和馬は戸惑った。

「ああ。下手な俄狂言も幕を下ろす潮時だ」

久蔵は、楽しげに笑った。

夕暮れが訪れた。

和馬、幸吉、雲海坊、由松、新八、清吉は曖昧宿の板塀の木戸を潜り、母屋に忍び寄った。

雲海坊と由松は、庭先に廻った。

幸吉は、新八と清吉を促した。

新八と清吉は頷き、母屋の格子戸を蹴破った。

格子戸が音を立てて壊れ、弾け飛んだ。

和馬と幸吉は踏み込み、新八と清吉が続いた。

家は激しく揺れた。

廊下の奥の台所から顔を出した飯炊き婆さんと女が悲鳴を上げた。

和馬と幸吉は居間に踏み込んだ。

浪人の鮫島秀一郎が刀を手にして立ち上がった。

「なんだい、あんたたち……」

厚化粧の年増の女将が金切り声を上げた。

「浪人鮫島秀一郎、扇屋香風堂の宗右衛門から二百両を脅し取った罪でお縄にするよ」

和馬は嘲笑した。

「違う。事を企んだのは兼吉だ。兼吉の企みだ……」

鮫島は、居間の隅にいる男を見た。

男は菅笠の男であり、やはり扇屋『香風堂』京助の取り巻きで遊び人の兼吉だった。

「手前が兼吉か……」

幸吉は、兼吉を見据えた。

兼吉は、酒の入った湯呑茶碗を幸吉に投げ付けて庭に逃げた。

雲海坊と由松が庭に現われ、兼吉を殴り飛ばして縄を打った。

「離せ……」

兼吉は激しく抗った。

懐から二つの切り餅が転げ落ち、一つの封が破けて一分銀が飛び散った。

刹那、鮫島は刀を抜こうとした。

和馬が素早く身を寄せ、鮫島の刀の柄頭を押さえた。

鮫島は、刀を抜こうと和馬から離れようとした。

和馬は、鮫島の刀の柄頭を押さえたまま続いた。

鮫島は、壁に押し付けられて思わず狼狽えた。

次の瞬間、和馬は鮫島の鳩尾に十手を突き入れた。

鮫島は息を飲んで眼を瞠り、硬直した。

和馬は、十手を殴り下ろした。

鮫島は崩れ落ちた。

「あんた、あんた……」

年増の女将は、崩れ落ちた鮫島に縋った。

新八と清吉が、鮫島の刀を素早く奪って縄を打った。

久蔵は、勇次を伴って裏から踏み込んだ。

台所では、飯炊き婆さんと女が震えていた。

「婆さん、若旦那の京助は何処だい……」

久蔵は尋ねた。

「に、二階です」

婆さんは、震える指で階段を指した。

久蔵と勇次は、階段を上がった。

二階の座敷には蒲団が敷かれ、裸の若い男と女が絡み合っていた。

「秋山さま……」

勇次は眉をひそめた。

「うむ。京助……」

久蔵は苦笑し、裸の若い男に呼び掛けた。

「なんだい……」

裸の若い男は、久蔵を振り返った。

その顔は子供っぽく、何処の誰かも知れない久蔵を恐れる様子はなかった。

親の金で好き勝手に生きて来た扇屋『香風堂』の若旦那の京助だ……。

「拐かしの狂言、上首尾に終ったようだな」

久蔵は笑い掛けた。

「ああ。幾ら大甘の親父でも百両二百両ともなると良い顔しないからね。狂言を打ってやったよ。ま、兼吉と鮫島には五十両ずつくれてやり、俺が百両取って賭場や女郎屋の借金を返すって寸法だよ」

京助は、子供っぽい顔を一端(いっぱし)の悪党面に変えて得意気に笑った。

「成る程、拐かされた若旦那が拐かしの張本人って奴か……」

「まあな。ま、細かい手立ては兼吉と鮫島のやった事だが……」

「そうか。良く分かった。じゃあ、一緒に来て貰おうか……」

「何処に……」

京助は、戸惑いを浮かべた。

「そいつは南町奉行所に決まっている」

久蔵は冷笑を浮かべた。

「えっ……」

京助は狼狽え、思わず逃げようとした。

刹那、久蔵は京助を蹴飛ばした。

京助は飛ばされ、壁に激突して倒れた。

勇次は、倒れた京助を素早く取り押さえて縄を打った。

「痛い。痛いよ……」

京助は、半泣きになって踠いた。

「甘ったれるんじゃあねえ」

勇次は怒鳴り、京助を容赦なくきつく縛り上げた。

「京助、下手な俄狂言も此迄だ……」

久蔵は、冷徹に告げた。

菓子箱には、七つの切り餅と一分銀が百枚入っていた。

「これは……」

扇屋『香風堂』主の宗右衛門は、怪訝な顔を久蔵と幸吉に向けた。

「旦那が浅草寺境内の茶店に預けた二百両ですぜ」

幸吉は告げた。

「では、では若旦那の京助さまは……」

老番頭の吉兵衛は、身を乗り出した。

「無事だよ」

久蔵は告げた。

「無事、旦那さま……」

吉兵衛は喜んだ。

「あ、ありがとうございました」

宗右衛門と吉兵衛は、久蔵と幸吉に深々と頭を下げた。

「いや。礼には及ばない」

久蔵は笑った。

「は、はい。それで秋山さま、京助は今、何処に……」

「南町奉行所の仮牢だ」

久蔵は、事も無げに告げた。

「仮牢……」

宗右衛門は眉をひそめた。

「ああ、仮牢だ……」

「あ、秋山さま……」

宗右衛門は、久蔵に困惑の視線を向けた。

「拐かされた若旦那さまが、どうして仮牢などに……」

吉兵衛は狼狽えた。

「宗右衛門、吉兵衛、京助拐かしを企んだ張本人は、京助だったぜ」

久蔵は苦笑した。

「えっ……」

宗右衛門と吉兵衛は、訳が分からず顔を見合わせた。

「京助はな、賭場や女郎屋の借金を返す為に取り巻きの遊び人や浪人と、自分が拐かされた下手な俄狂言を打っていたのだ」

　久蔵は教えた。

「そ、そんな……」

　宗右衛門は、激しく狼狽えた。

「如何に大甘の親父でも、百両二百両の金は良い顔をしねえからとな……」

「京助が……」

　宗右衛門は声を震わせた。

「ああ。俺たちが踏み込んだ時、京助は暢気に女と遊んでいたよ」

　宗右衛門は言葉もなく、呆然とした面持ちで項垂れた。

「宗右衛門、下手な狂言を打って強請を働き、お上を誑かそうとした罪は重い。それで仮牢に入れた。得心したか……」

「は、はい……」

「そして宗右衛門、その罪は京助を甘やかして育てて来た親のお前にもある」

　久蔵は、宗右衛門を厳しく見据えた。

「お、畏れ入りましてございます」

　宗右衛門は平伏した。

「因(よ)って裁きが下る迄、店を閉め、身を慎んでいるのだ。良いな」

久蔵は命じた。

「はい……」

宗右衛門は、平伏したまま肥った身体を激しく震わせた。

久蔵は、冷たく笑った。

俄狂言の幕は下りた。

この作品は「文春文庫」のために書き下ろされたものです。

文春文庫

返討ち

新・秋山久蔵御用控（四）

定価はカバーに表示してあります

2019年4月10日　第1刷

著　者　藤井邦夫

発行者　花田朋子

発行所　株式会社　文藝春秋

東京都千代田区紀尾井町 3-23　〒102-8008
TEL　03・3265・1211㈹
文藝春秋ホームページ　http://www.bunshun.co.jp

落丁、乱丁本は、お手数ですが小社製作部宛お送り下さい。送料小社負担でお取替致します。

印刷製本・大日本印刷

Printed in Japan
ISBN978-4-16-791258-1

文春文庫　書きおろし時代小説

（　）内は解説者。品切の節はご容赦下さい。

燦 7 天の刃
あさのあつこ

田鶴藩に戻った燦は、篠音の身の上を聞き、ある決意をする。城では圭寿が、藩政の核心を突く質問を伊月の父・伊佐衛門に投げかけていた――。少年たちが闘うシリーズ第七弾。

あ-43-17

燦 8 鷹の刃
あさのあつこ

遊女に堕ちた身を恥じながらも燦への想いを募らせる篠音に、伊月は「必ず燦に逢わせる」と誓う。一方その頃、刺客が圭寿に放たれ――三人三様のゴールを描いた感動の最終巻！

あ-43-18

男ッ晴れ 樽屋三四郎 言上帳
井川香四郎

奉行所の目が届かない江戸庶民の人情と事情に目配りし、事件を未然に防ぐ闇の集団・百眼（ひゃくまなこ）と、見かけは軽薄だが熱く人間を信じる若旦那・三四郎が活躍する書き下ろしシリーズ第1弾。

い-79-1

寅右衛門どの 江戸日記
千両仇討（あだうち）
井川香四郎

なんと本物のお殿様におさまってしまった与多寅右衛門、さっそく藩政改革に乗り出すが。古典落語をモチーフにした人気シリーズ第四弾は、人情喜劇にして陰謀渦巻く時代活劇に？

い-79-19

寅右衛門どの 江戸日記
殿様推参
井川香四郎

潰れた藩の影武者だった寅右衛門どのが、いまや本物の殿様にして若年寄。出世しても相変わらずそこつ長屋に出入りし、仲間とともに幕政改革に立ち上がる。ついに最後？の大活躍。

い-79-20

ちょっと徳右衛門 幕府役人事情
稲葉　稔

剣の腕は確か、上司の信頼も厚いのに、家族が最優先と言い切るマイホーム侍・徳右衛門。とはいえ、やっぱり出世も同僚の噂も気になって…新感覚の書き下ろし時代小説！

い-91-1

ありゃ徳右衛門 幕府役人事情
稲葉　稔

同僚の道ならぬ恋を心配し、若造に馬鹿にされ、妻は奥様同士のつきあいに不満を溜めている。リアリティ満載の新感覚時代小説！　家庭最優先の与力・徳右衛門シリーズ第二弾。

い-91-2

文春文庫　書きおろし時代小説

（　）内は解説者。品切の節はご容赦下さい。

稲葉 稔
やれやれ徳右衛門
幕府役人事情

色香に溺れ、ワケありの女をかくまってしまった部下の窮地を救えるか？　役人として男として、答えを要求されるマイホーム侍・徳右衛門。果たして彼は〝最大の敵〟を倒せるのか。

い-91-3

稲葉 稔
疑わしき男
幕府役人事情 浜野徳右衛門

与力・津野惣十郎に絡まれた徳右衛門。しまいには果たし合いを申し込まれる。困り果てていたところに起こった人殺し事件。徒目付の嫌疑は徳右衛門に――。危うし、マイホーム侍！

い-91-4

稲葉 稔
五つの証文
幕府役人事情 浜野徳右衛門

従兄の山崎芳則が札差の大番頭殺しの容疑をかけられた。潔白を証明せんと一肌脱ぐ徳右衛門。が、そのせいで妻のあらぬ疑いを招くはめに。われらがマイホーム侍、今回も右往左往！

い-91-5

稲葉 稔
すわ切腹
幕府役人事情 浜野徳右衛門

剣の腕を買われ、火付盗賊改に加わった徳右衛門。大店に押し入った賊の仲間割れで殺された男により、窮地に立つことに。何よりも家族が大事なマイホーム侍シリーズ、最終巻。

い-91-6

上田秀人
奏者番陰記録
遠謀

奏者番に取り立てられた水野備後守はさらなる出世を目指し、松平伊豆守に服従する。そんな折、由井正雪の乱が起こり、備後守はその裏にある驚くべき陰謀に巻き込まれていく。

う-34-1

風野真知雄
耳袋秘帖
妖談うつろ舟

江戸版UFO遭遇事件と目される「うつろ舟」伝説。深川の白蛇、幽霊を食った男…。怪奇が入り乱れる中、闇の者とさんじゅあんの謎を根岸肥前守はついに解き明かすのか？　堂々の完結篇。

か-46-23

（　）内は解説者。品切の節はご容赦下さい。

風野真知雄
紀尾井坂版元殺人事件
耳袋秘帖

「耳袋」の刊行を願い出ていた版元が何者かに殺された。許可はださなかったが、評定所の会議で根岸に嫌疑が掛かった。根岸、最大の危機を迎える?!

か-46-35

風野真知雄
白金南蛮娘殺人事件
耳袋秘帖

長崎・出島のカピタンの定宿長崎屋では、宿泊するものがいないのに不穏な様子。また白金界隈に金髪女が出現しているらしい。一体何が起きているのか？　根岸の名推理が冴える。

か-46-36

風野真知雄
死霊の星
くノ一秘録3

彗星が夜空を流れ、人々はそれを弾正星と呼んだ——。松永弾正久秀が愛用する茶釜に隠された死霊の謎。狐憑きが帝の御所で跋扈するなか、くノ一の蛍は命がけで松永を探る！

か-46-26

佐伯泰英
船参宮
新・酔いどれ小籐次（九）

心に秘するものがある様子の久慈屋昌右衛門に請われ、伊勢へ同道することになった小籐次。地元の悪党や妖しい黒巫女が行く手を阻もうとするところ、無事に伊勢に辿り着けるのか？

さ-63-9

佐伯泰英
げんげ
新・酔いどれ小籐次（十）

北町奉行所から極秘の依頼を受けたらしい小籐次が、嵐の夜に小舟に乗ったまま行方不明に。おりょうと駿太郎、そして江戸中の人々が小籐次の死を覚悟する。小籐次の運命やいかに⁉

さ-63-10

篠　綾子
墨染の桜
更紗屋おりん雛形帖

京の呉服商「更紗屋」の一人娘・おりんは、将軍継嗣問題に巻き込まれ、父も店も失った。貧乏長屋住まいを物ともせず、店の再建のために健気に生きる少女の江戸人情時代小説。（島内景二）

し-56-1

文春文庫　書きおろし時代小説

（　）内は解説者。品切の節はご容赦下さい。

篠 綾子
黄蝶の橋
更紗屋おりん雛形帖

犯罪組織「子捕り蝶」に誘拐された子供を奪還すべく奔走するおりん。事件の真相に迫ると、藩政を揺るがす悲しい現実があった。少女が清らかに成長していく江戸人情時代小説。（葉室 麟）

し-56-2

篠 綾子
紅い風車
更紗屋おりん雛形帖

勘当され行方知れずとなっていた兄・紀兵衛と再会したおりん。喜びもつかの間、兄の修業先・神田紺屋町で起こった染師毒殺事件の犯人として紀兵衛が捕縛されてしまう。（岩井三四二）

し-56-3

篠 綾子
山吹の炎
更紗屋おりん雛形帖

ついに神田に店を出すことになり更紗屋再興に近づいたおりん。ところが大火で店が焼けてしまう。身を寄せた寺で出会ったお七という少女が、おりんの恋に暗い翳を落とす。（大矢博子）

し-56-4

篠 綾子
白露の恋
更紗屋おりん雛形帖

想い人・蓮次が吉原に通いつめ、生まれて初めて恋の苦しさと嫉妬に翻弄されるおりん。一方、熙姫は亡き恋人とおりんのために将軍綱吉の大奥入りへと心を動かされ…。（細谷正充）

し-56-5

篠 綾子
紫草（むらさき）の縁（ゆかり）
更紗屋おりん雛形帖

弟の仇討のため江戸を出た蓮次と別れたおりんは、悲しみから、針を持てず縫物ができなくなってしまう。大奥入りした熙姫の依頼で、将軍綱吉主催の大奥衣裳対決に臨むが……。（菊池 仁）

し-56-6

鳥羽 亮
八丁堀吟味帳
鬼彦組

北町奉行所同心の惨殺屍体が発見された。自殺にみせかけた殺人事件を捜査しているうちに、消されたらしい。吟味方与力・彦坂新十郎と仲間の同心達は奮い立つ！　シリーズ第1弾！

と-26-1

文春文庫　書きおろし時代小説

（　）内は解説者。品切の節はご容赦下さい。

鳥羽 亮
八丁堀吟味帳「鬼彦組」
謀殺
呉服屋「福田屋」の手代が殺された。さらに数日後、番頭らが辻斬りに。尋常ならぬ事態に北町奉行所吟味方与力・彦坂新十郎の率いる精鋭同心衆「鬼彦組」が捜査に乗り出した。シリーズ第2弾。
と-26-2

鳥羽 亮
八丁堀吟味帳「鬼彦組」
闇の首魁
複雑な事件を協力しあって捜査する「鬼彦組」に、同じ奉行所内の上司や同僚が立ちふさがった。背後に潜む町方を越える幕府の闇に、男たちは静かに怒りの火を燃やす。シリーズ第3弾。
と-26-3

鳥羽 亮
八丁堀吟味帳「鬼彦組」
裏切り
日本橋の両替商を襲った強盗殺人。手口を見ると殺しのほかは十年前に巷を騒がした強盗「穴熊」と同じ。だが昔の一味は、鬼彦組の捜査を先廻りするように殺されていた。シリーズ第4弾。
と-26-4

鳥羽 亮
八丁堀吟味帳「鬼彦組」
はやり薬（ぐすり）
江戸の町に流行風邪が蔓延。人気医者・玄泉が出す万寿丸は飛ぶように売れたが、効かないと直言していた町医者が殺された。いぶかしむ鬼彦組が聞きこみを始めると――。シリーズ第5弾。
と-26-5

鳥羽 亮
八丁堀吟味帳「鬼彦組」
謎小町
先ごろ江戸を騒がす「千住小僧」を追っていた同心が殺された！後を追う北町奉行所特別捜査班・鬼彦組に、闇の者どもの「親子の情」が立ちふさがった。大人気シリーズ第6弾！
と-26-6

鳥羽 亮
八丁堀吟味帳「鬼彦組」
心変り
幕府の御用だと偽り戸を開けさせ強盗殺人を働く「御用党」。北町奉行所の特別捜査班・鬼彦組に追い詰められた彼らは、女医師を人質にとるという暴挙にでた！　大人気シリーズ第7弾。
と-26-7

鳥羽 亮
八丁堀吟味帳「鬼彦組」
惑い月
賭場を探っていた岡っ引きが惨殺された。手札を切っていた同心にも脅迫が――。精鋭同心衆の「鬼彦組」が動き出す！　倉田佐之助の剣が冴える、人気書き下ろし時代小説第8弾。
と-26-8

鳥羽　亮
八丁堀吟味帳「鬼彦組」
七変化
同心・田上与四郎の御用聞きが殺された。与力の彦坂新十郎は事件の背後に自害しているはずの「目黒の甚兵衛」の影を感じる――果たして真相は？　人気書き下ろし時代小説第9弾。
と-26-9

鳥羽　亮
八丁堀吟味帳「鬼彦組」
雨中の死闘
連続して襲撃される鬼彦組同心の御用聞きたち。やがて明らかになる意外で強大な敵とは？　危険な戦いの中で倉田の剣が冴える、鳥羽亮の大人気書き下ろし時代小説第10弾。
と-26-10

鳥羽　亮
八丁堀吟味帳「鬼彦組」
顔なし勘兵衛
ある夜廻船問屋「黒田屋」のあるじと手代が惨殺された。賊は複数いるらしい……。「鬼彦組」は探査を始めるが、なんと新十郎が襲撃されて傷を負う――緊迫のシリーズ最終作。
と-26-11

鳥羽　亮
八丁堀「鬼彦組」激闘篇
狼虎の剣
立て続けに発生する、左腕を斬り落とし止めを刺す残虐な辻斬り事件。江戸の町は恐怖に染まった。事態を重く見た奉行所は「鬼彦組」に探索を命じる。賊どもの狙いは何か！
と-26-12

鳥羽　亮
八丁堀「鬼彦組」激闘篇
暗闘七人
廻船問屋・松田屋はある藩の交易を一手に引き受けていたが、不審な金の動きに気づいた若旦那が調べ始めた矢先に殺されたという。鬼彦組が動き始める。
と-26-13

野口　卓
ご隠居さん
腕利きの鏡磨ぎ師・梟助じいさん。江戸に暮らす人々の家に入り込み、落語や書物の教養をもって面白い話を披露、時には事件を鮮やかに解決します。待望の新シリーズ。　（柳家小満ん）
の-20-1

（　）内は解説者。品切の節はご容赦下さい。

野口 卓
心の鏡
ご隠居さん(二)

古き鏡に魂あり。誠心誠意磨いたら心を開いてくれるでしょう――古い鏡にただならぬものを感じ精進潔斎して鏡磨ぎの仕事に挑む表題作など全五篇。人気シリーズ第二弾。（生島 淳）

の-20-2

野口 卓
犬の証言
ご隠居さん(三)

五歳で死んだ一人息子が見知らぬ夫婦の子として生れ変っていた？ 愛犬クロのとった行動に半信半疑の両親は――鏡磨ぎの梟助じいさんが様々な「絆」を紡ぐ傑作五篇。（北上次郎）

の-20-3

野口 卓
出来心
ご隠居さん(四)

主人が寝ている隙に侵入した泥坊が、酒の誘惑に勝てず酔いつぶれたという隣家の話に「まるで落語ですね」と梟助さん。勢い話は泥坊づくしとなり――。大好評の第四弾。（縄田一男）

の-20-4

野口 卓
還暦猫
ご隠居さん(五)

突然引っ越したお得意様夫婦の新居を梟助さんが訪ねると、座布団に猫が一匹。まさかあの奥さまの願望が真実に!? 落語や豆知識が満載の、ほろ苦くも心温まる第五弾。（大矢博子）

の-20-5

野口 卓
思い孕み
ご隠居さん(六)

十七歳で最愛の夫を亡くしたイネ曰く「死んでも魂はそばにいるの」。そのうちイネのお腹が膨らみ始めて……。謎と笑い溢れる江戸のファンタジー全五篇。好評シリーズ第六弾！

の-20-6

藤井邦夫
島帰り
秋山久蔵御用控

女誑しの男を斬って、久蔵が島送りにした浪人が務めを終え江戸に戻ってきた。久蔵は気に掛け行き先を探るが、男は姿を消した。何か企みがあってのことなのか。人気シリーズ第二十二弾。

ふ-30-27

（　）内は解説者。品切の節はご容赦下さい。

藤井邦夫
秋山久蔵御用控
生き恥

金目当ての辻強盗が出没した。怪しいのは金遣いの荒い遊び人とみて、久蔵は旗本の部屋住みなどの探索を進める。そんな折、和馬は旗本家の男と近しくなる。シリーズ第二十三弾。

ふ-30-28

藤井邦夫
秋山久蔵御用控
守り神

博奕打ちが殺された。この男は、お店の若旦那や旗本を賭場に誘い、博奕漬けにして金を巻き上げていたという。久蔵は手下たちとともに下手人を追う。好評書き下ろし第二十四弾！

ふ-30-29

藤井邦夫
秋山久蔵御用控
始末屋

二人の武士に因縁をつけられた浪人が、衆人環視の中、相手を斬り捨てた。尋常の立合いの末であり問題はないと誰もが庇う中、〝剃刀〟久蔵だけが違和感を持った。シリーズ第二十五弾！

ふ-30-30

藤井邦夫
秋山久蔵御用控
冬の椿

かつて久蔵が斬り棄てた浪人の妻と娘。質素ながら幸せそうに暮らす二人だったが、その様子を窺う怪しい男に気づいた和馬は、久蔵に願って調べを始める。人気シリーズ第二十六弾！

ふ-30-31

藤井邦夫
秋山久蔵御用控
夕涼み

十年前に勘当され出奔した袋物問屋の若旦那が、江戸に戻ってきたらしい。隠居した父親は勘当したことを悔い、弥平次に息子捜しを依頼する。〝剃刀〟久蔵の裁定は？　シリーズ第二十七弾！

ふ-30-32

藤井邦夫
秋山久蔵御用控
煤払い

博奕打ちが簀巻きにされ土左衛門になって上がった。博奕打ち同士の抗争らしい。〝剃刀〟久蔵は、わざと双方を泳がせて一網打尽にしようと画策する。人気シリーズ第二十八弾！

ふ-30-33

（　）内は解説者。品切の節はご容赦下さい。

海音寺潮五郎
田原坂（たばるざか）
小説集・西南戦争
著者が最も得意とした〝薩摩もの〟の中から、日本最後の内乱となった西南戦争に材をとった作品と、新たに発見された未発表作品「戦袍日記」を含めて全十一篇を贈る。（磯貝勝太郎）
か-2-59

海音寺潮五郎
史伝 西郷隆盛
維新の英雄西郷隆盛は薩摩の風土・人情、そして主家島津家の家風と名君斉彬の存在を抜きには語れない。疾風怒濤時代の若き西郷の軌跡を辿り、その実像に迫る傑作歴史読物。（葉室　麟）
か-2-61

加藤　廣
信長の棺（上下）
消えた信長の遺骸、秀吉の中国大返し、桶狭間山の秘策——。丹波を訪れた太田牛一は、阿弥陀寺、本能寺、丹波を結ぶ〝闇の真相〟を知る。傑作長篇歴史ミステリー。（縄田一男）
か-39-1

加藤　廣
秀吉の枷（全三冊）
「覇王（信長）を討つべし！」竹中半兵衛が秀吉に授けた天下取りの秘策。異能集団〈山の民〉を伴い天下統一を成し遂げ、そして病に倒れるまでを描く加藤版「太閤記」。（雨宮由希夫）
か-39-3

加藤　廣
明智左馬助の恋（上下）
秀吉との出世争い、信長の横暴に耐える主君光秀を支える忠臣左馬助の胸にはある一途な決意があった。大ベストセラーとなった『信長の棺』『秀吉の枷』に続く本能寺三部作完結篇。
か-39-6

加藤　廣
安土城の幽霊
「信長の棺」異聞録
たった一つの小壺の行方が天下を左右する。信長、秀吉、家康と持ち主の運命に大きく影響した器の物語を始め、「信長の棺」外伝といえる著者初めての歴史短編集。（島内景二）
か-39-8

加藤　廣
信長の血脈
信長の傅役・平手政秀自害の真の原因は？　秀頼は淀殿の不倫で生まれた子？　島原の乱の黒幕は？　『信長の棺』のサイドストーリーともいうべき、スリリングな歴史ミステリー。
か-39-9